メディアワークス文庫

僕といた夏を、君が忘れないように。

目　次

プロローグ

「風乃（かぜの）やー、『人魚伝説』を知ってるか？」

小学四年生の夏休み、私は縁側に腰掛けてスイカを食べていた。すぐ横にはおばあがいて、私たちの間には蚊取線香の煙が一筋、澄んだ青空に向かって伸びている。

「知らない」

人魚なら知っているけど、人魚伝説って何だろう。

夢中でスイカをかじっていた私は手を止め、おばあを見上げる。おばあは穏やかな表情のまま、ゆったりとした動作で私の頬についていたスイカの種をつまみ、そうかいと呟（つぶや）いた。

おばあは視線を正面の庭に向ける。その細い目が見つめる先には、いくつものハイビスカスが朱色の花弁（はなびら）を広げ、陽射（ひざ）しを浴びている。

「これは石垣島（いしがきじま）に伝わる昔話でやー」

石垣島は、この島から船で一時間の距離にある。同じ沖縄の離島とはいえ、コンビニも信号機も無いここより遥(はる)かに発展している島だ。

「昔々、とある漁師の男が沖に出とった。不思議とその日は大漁でよ、面白いようにいっぺーイユ(たくさん魚)が獲(と)れたそうさ」

おばあの落ち着いた語り口は、耳にするすると入り込んでくる。親や学校の先生の話はどれだけしっかり聞こうと集中しても聞き流してしまうのに、おばあの話は一言一句が体に染み込んでいくかのよう。

「だから時間も忘れて、夢中で漁をしたさー。したら、網にかつてないほどの手応えを感じた。漁師はでーじ大物が獲れたと、ちむどんどん(わくわく)しながら網を引き上げた。すると、上半身はちゅらかーぎー(美しい女)、下半身はイユ(魚)の尾ひれという、人魚が入っていたらしい。その人魚はしくしくと泣いていたそうさ」

網に囚(とら)われて泣く人魚を想像する。悲しい気持ちになってくる。私は食べかけのスイカをお皿の上に置いて、おばあに体を向けた。

「きっと食べられちゃうと思ったからさ。人魚さん、かわいそう」

「もちろん人魚は見逃して下さいとお願いをしたさー。だが、漁師もこんなに珍しい生き物は初めて見た、高値で売れるぞと言って聞かん」

「ひどい」

「だから人魚が言った。『もし逃してくれたら、海の秘密を教えます。これを知らんと、やった―(あなたたち)は大変なことになりますよ』と。漁師は悩んだが、気になって、仕方なく網から放してやった」

「ああ、良かった」

「海に放たれた人魚は喜んで、船の周りをくるくると旋回したあとに言ったさー。『明日の日の出直後に、島全体を飲み込むような大津波が来ます』と。そうして海に帰って行った」

「津波って、あの津波？　ついこの前までずっとテレビでやってた」

昨年の三月にあった東北大震災。それを報道するニュースで必ずと言ってもいいほど流される、津波の映像を思い出す。大きな波が建物を飲み込んでいく光景は衝撃的だった。まるで映画のワンシーンのようで、同じ日本で起こった出来事だなんてとても信じられないと、観(み)る度に思ってしまう。

私は唾を飲む。肩に力が入る。そんな私をおばあは見下ろし、話を続けた。

「漁師は慌てて村に帰って、村人全員を山の頂上に避難させた。親切心で隣村の者にも教えたが、彼らは人魚なんかいるわけがないと言って信じなかったそうさ」

「ええ、せっかく教えてあげたのに」

「次の日の朝、避難した村人たちが山から海を見下ろすと、海水が無くなっていた。見慣れていたいつものうみば（海岸）だが、どこまでも続く砂漠のようになっていた」

「海岸が砂漠に？」

「潮が引いたからさー。それを見て村人たちが騒いでいると、砂漠の向こう側から地響きと共に、横は視界の端から端まで、上は空が隠れてしまいそうなほどの大津波が、ガーッ！……と迫ってきた」

おばあは両手を振り上げて、襲いかかるようなジェスチャーをした。飛び出しそうなほどカッと開いた二つの目玉が怖くて、私は全身をびくっと震わせ、後ろに倒れかけた。

「人魚の言った通り、日の出とともに大津波が来て、村があった場所は全て飲み込まれてしまった。奇跡的に漁師の村はほぼ全員が無事、人魚を信じず逃げなかった隣村は壊滅してしまったそうだ」

「そんな……ちゃんと信じていれば助かったのに」

「だからよー。それでこの物語は、石垣島では主に三つの教訓を伝えるために語られるさ。人間以外の生き物も大切にしよう、他人の言うことを信じよう、そして災害は恐ろしいという、三つ」

おばあは指を三本立てて言った。まるで学校の先生が生徒に言い聞かせるような口調に、私はほっと胸を撫で下ろす。

「なーんだ、じゃあ本当の話じゃなくて、桃太郎とか浦島太郎とか、そういう感じの昔話なんだ」

きっと童謡みたいなものだ。おばあのなめらかな語り口のせいでつい信じ込んでしまった。

しかし、おばあの顔は無表情のままだ。ゆっくりと首を横に振る。

「いいや、本当にあった話さ。『明和の大津波』と言ってね。明和というのは元号のことで、平成や昭和なんかと同じ。明和の時代、今から二百五十年くらい前の時代さ」

これは後で知ったことだ。明和の時代、日本史上最大の波高八十メートルを超える大津波が、石垣島を中心に八重山諸島全域を襲ったという事実は正式に記録されている。そして、海が近いにもかかわらず不自然なほど被害者が出なかった村と、人口の九十八パーセントにあたる、およそ千五百人が死んでしまったという村の記述もある。

でもそんな記録なんて知らなくとも、おばあの表情と声には充分な説得力があった。

「避難した漁師の村と、信じなかった隣村は本当にあったさ」

快晴だった空に灰色の雲が現れた。それによって陽射しが遮られ、空気がほんの少し冷たくなった気がした。

「そんな……、作り話じゃないわけ？　人魚さんが現実にいたの？」

私は無意識に、冷たくなった両手の親指を、拳の内側に入れてぎゅっと握りしめていた。あのテレビの映像よりも大きな津波がすぐ近くの石垣島を襲い、たくさんの人の命を奪ってしまったなんて、信じられない。

　うつむく私の頭を、おばあがやさしく撫でる。

「風乃、怖かったか？　わっさいびーん（ごめんね）。でも、この話には続きがあるさー」

見上げると、おばあの顔は一転して綻び、顔中に深いシワを作って微笑（ほほえ）んだ。その顔を見ていると心が落ち着いてくる。陰った空も冷たい空気も気にならなくなる。

「続き？」

「風乃は特にしっかり覚えておかんといけんよ。なぜなら、やー（お前）には大事な役割があるからね。それはね――……」

　大好きなおばあ。たくさんの話を聞かせてくれて、いろんなことを教わった。その中でも、一番心に残っているのはこの人魚伝説だった。

　私は夏が来るたびに、島の誰もが知っているこの話を思い出す。

僕といた夏を、
君が忘れない
ように。
I hope you will not forget
the summer with me

一　ランプブラックより複雑な

僕の名前は高木(たかぎ)海斗(かいと)。かつて神童と呼ばれていた、とある進学校の高校三年生だ。

「明日から夏休みだってのに、夏期講習で毎日塾ばっかだよ。嫌になるよな」

終業のチャイムが鳴り、教室は途端に騒がしくなる。生徒たちが帰り支度を始める中、隣の席に座っているタカヤが肩を落とし、ため息をついた。嫌になるよな、と言いつつも声色に焦りは感じられない。高校最後の夏休みが始まり、どこか浮ついている様子だ。

「すぐ受験だから仕方ないよ」

僕は曖昧に笑いながら、教科書を引き出しから鞄(かばん)へと詰めていく。早く帰りたかった。学校は好きではない。

「海斗は成績良(い)いけど塾行ってないんだろ。推薦狙い？」

「そんな感じ」

「いいよなー、普段から勉強してる奴は楽でさ」

タカヤは後頭部で手を組み、体を逸らす。僕は愛想笑いを向けながら立ち上がった。

「テスト前しか勉強しないよ。毎回一夜漬けした範囲がたまたま出るんだ」

「よく言うぜ」

「本当だって」

適度に言い合い、そそくさと教室を出ようとした。早く帰らないと、夏休みに予定を合わせて集まろうという話になってしまう。それは勘弁してほしい。タカヤのことは嫌いではないが、せっかくの休みを人付き合いに費やしたくない。

そう思っていたのに、教壇にいる先生から声をかけられてしまう。

「高木、美術の先生が呼んでたぞ。放課後美術室に来て欲しいってな。お前、美大志望らしいな。成績良いのにもったいないとは思うが……、人生はチャレンジだ。先生は応援しているからな」

彼は力強く右拳を握りしめ、誠実そうな微笑みを浮かべた。親身に生徒に寄り添う教師像、それを見事に体現している。反抗期を通り過ぎ、目の前の受験に不安を抱く高校三年生にとってはさぞ心強い存在だろう。

しかし僕にとってはわずらわしいだけだ。普段の成績をそのまま内申書に記入してもらえばそれで良い。彼にはそれ以上の役割は望んでいない。

「はい、ありがとうございます」

僕は舌打ちしそうになるのを堪え、頭を下げる。そういえばこの前提出した進路希望調査表に初めてそう書いたんだったな、と思い出す。今までは偏差値に見合う適当な文系大学を記入していたのだが。

先生の声はタカヤにも聞こえたようだ。目を丸くして何か言いたげにこちらを見ている。僕はその視線を視界の端で感じつつ、足早に教室を後にした。


美術室に訪れると、三人の女生徒が石膏像を取り囲むようにイーゼルを立て、画用紙にデッサンをしていた。きっと美術部員だろう。三人とも画面がかなり黒く、もう仕上げの段階だ。

僕は彼女たちから離れた教室の隅に座った。すると美術教師の女性が準備室から出て来て、机を挟んだ向かい側に腰かける。挨拶を交わしたあと、尋ねた。

「高木くん、芸術の選択科目でも美術を選んでなかったよね。美大志望って、具体的にどの大学か決まってるの?」

鉛筆が画用紙を擦る規則的な音が聞こえる。この音は心地良い。少なくとも、教師がする受験の話より、何倍も。

「はい。東京美術大学の油絵学科が第一志望です」

僕の答えに、先生は人差し指で頬をかき、苦笑する。

「東美大……、美術系の私大では一、二を争う難関美大じゃない。高木くんは成績優秀だって聞いてるよ。普通の大学に行くつもりで勉強してたんじゃなかったの？　いつからそう思ってたの？　授業料がものすごく高いんだけど、親御さんには相談した？」

畳み掛けるように質問される。困惑しているようだ。今までそんなそぶりを見せなかった生徒が、高三の夏休み前に突然こんなことを言い出したのだから無理もない。

「僕は中学から絵画教室に通っていて、その先生の母校が東京美術大学なんです。で、その人に強く勧められてて。親も了承しています」

「そうなんだ。じゃあ何で美術の授業を選択しなかったの？」

この高校には芸術選択科目がある。美術、音楽、書道の三つのうちから一つを選択しなければならない。大半の生徒は課題が緩い音楽を選択し、受験対策の時間にあてている。ちなみに僕は書道を取っている。音楽は知り合いが多くてわずらわしかったし、美術を取らなかったのは学校で絵を描きたくないからだ。

「ええと……、絵画教室でたくさん描いているので、学校では絵のことは考えたくなかったからです」

「そんなに通ってるの？」

「はい。中二から毎日。平日は四時間、土日は八時間ほど」

するとと先生はえっ、と大きな声をあげた。それに反応し、デッサンをしていた生徒たちがこちらに視線を向ける。先生は彼女たちに、気にしないで続けてと声をかけて姿勢を正し、咳払いをした。

「……そんなに通ってるんだ。じゃあ受験対策はそこでやってるのね。もっと早く教えてくれたら良かったのに。私にも力になれることがあったかもしれないし」

「はい。すいませんでした」

恭しく頭を下げる。これで話は終わりかと思ったが、彼女はふうと大きく息を吐いて質問を続けた。

「コンクールに出したことはある？」

コンクール、という単語に反応して、みぞおちの辺りの筋肉がキュッと締まった。

「それは……」

「その絵画教室の先生を尊敬してるなら、その人にじっくり教えてもらうのも良いけど、たまには他の人からの評価を取り入れて検討してみるのも上達には必要……」

「コンクールに出す予定はありません」

僕は先生の言葉を遮った。手に汗をかいているのが自分でも分かった。

彼女は机に肘をついて、前のめりになる。

「もし良かったら今度デッサン画でも何でも、ここに持ってきてくれない？　ウチの美術部、作品の批評会もしてるの。たまには他の人にも見てもらった方が良いよ。違う角度からのアドバイスとかもできるし。今デッサンをしているあの子たちも美大を受験するの。同じ学校の美大志望同士、刺激になるかもしれないし」

「いえ、結構です。人と比べるのは好きじゃないので」

きっぱり断ると、先生は驚いたように眉を上げた。気分を害してしまったかな、と不安になる。この人は善意で誘ってくれているのに、つい強めに拒絶してしまった。

「……誘って下さってありがとうございます。でも受験対策はしてるので大丈夫です。夏休みもみっちりやる予定です」

なるべく角が立たないように、口角を上げ、高めの声色を意識した。先生は何かを言おうとしていたが、僕はそれよりも先に美術室を出た。

コンクールの話になるとどうしても感情が出てしまう。

他人に干渉されたくない。

そのためには社交的すぎてはいけないし、内向的すぎてもいけない。好かれず、嫌われず。それが誰からも最も遠い場所にいる秘訣だ。

歩いている途中、上着のポケットの中でスマートフォンが震える。タカヤからだった。

《海斗が美大志望なんて知らなかった》《普段らくがきすらしねえから》《言えよ》

短文が素早く書き込まれていく。面倒だと思いつつ、返事を打つ。

〈ごめん〉〈タイミングがなくてさ〉〈恥ずかしいし〉

《将来は画家!?》《サインくれ》

〈美大イコール画家じゃないよ〉

《違うんかい》《まあ画家なんて変人じゃないとなれないイメージだしな》

〈僕は変人じゃない?〉

《海斗はザ・常識人》《今度似顔絵描いてくれ》《アイコンにするから》

その依頼をどう断ればいいか分からなくて、淀みなく続いていたやり取りに間を空けてしまう。

正直、似顔絵なんて絶対に描きたくない。せっかく高校では友人に絵を見せずに過ごせているのに。

数秒して、宙をさまよっていた指を液晶画面に下ろした。

〈今度な〉

それに対する返事は見ずに、スマートフォンをポケットにしまった。

何もかもわずらわしい。

もし今の気持ちを色にしてキャンバスに塗りたくるなら、何色を選ぶだろうか。

僅かに青味のある黒、ランプブラックか。いや、きっともっと複雑だ。ウルトラマリンとバンダイクブラウンの混色が近いかもしれない。小学生の頃の僕なら、これ以上ないという完璧な色を作り出せるに違いない。

もう一度言おう。僕はかつて神童と呼ばれていた。

初めて絵筆を握ったのは小学一年生のとき。図工の授業で制作した『歯みがき運動促進ポスター』が、市の最優秀賞を獲得した。

裕福な家庭の一人っ子として可愛がられていた僕の人生初の受賞は、盛大に祝われた。将来は画家だと囃し立て喜ぶ両親の浮かれた表情は今でも覚えている。それ以降、絵に関するわがままは何でも聞いてくれた。

しかしそれは決して大げさで親馬鹿なのではなく、当時の僕の絵は周りの子どもたちと見比べて明らかに飛び抜けていたので、そう思ってしまうのも仕方なかった。

画面構成の大胆さ、色遣い、モチーフを見定める観察眼。そして何より、画面の隅から隅まで執念深く書き込み、きちんと完成させる根気強さがあった。

あまり知られていないが、小学生の図画コンクールで審査員を務めるのは、画家や美術関係者ではない。地区の小学校から選ばれた教師たちだ。彼らに評価されるのは簡単だ。技術の高低は大した問題じゃなく、子どもらしい視点を持って、一生懸命描けていればいい。もちろん当時の僕はそんなこと考えていなかったが、無意識に体現していた。

不思議なもので、周りから評価されると身が入る。絵が上手い子という印象を得た僕は、休み時間や放課後などを絵に費やし、技術をも身につけていった。

ところが、高い技術と卓越したセンスをもって、小学校六年生までのあらゆるコンクールを制覇した僕は、中学入学と共に入った絵画教室で思わぬ出来事に遭遇し、すぐにそこを辞めることになる。

それ以来コンクールに出さなくなり、同年代の友人に絵を描いていることを隠すようになった。

僕は美術室を出て下校し、電車を乗り継ぎ、中学二年生から現在まで通っている『秋山絵画教室』を訪れた。

すぐに辞めた一校目とは違い、二校目となるここには四年半も通い続け、ほぼ毎日入り浸っている。都内の雑踏の中にひっそりと佇む古びたビルの一室の前で、鞄から合鍵を取り出して解錠した。扉を開けると油臭さが鼻に、蒸し暑さが肌に絡みつく。室内は僕が描いた風景画や写実画が玄関、廊下、アトリエに至るまでいくつも立てかけられている。

僕はいつも通りキャンバスを準備し、椅子に腰を下ろした。デッサン用の鉛筆をつまむように持つ。目の前にモチーフがあるわけでもなく、構想も練っていない。ただぼーっと右腕を上げたまま白い画面を眺めた。

以前はこうしているだけで描きたいものが次から次へと溢れてきて、右腕が勝手に動き始めていた。宇宙の彼方に咲く桜の花も、何百頭もの羊が空を駆ける景色も描いた。それなのに、いつからか実際に目で見たものしか描けなくなってしまった。

何十分経っても、頭の中には何も思い浮かばない。どうせ今日もまたいつも通り、適当な静物デッサンをして一日を終えるのだろう。

「【できると思えばできる、できないと思えばできない。これは揺るぎない絶対的な法則である】。ピカソの言葉だ」

その声にびくっと肩が跳ねる。振り返ると、秋山さんが腕を組み、ため息をついたところだった。足音どころか、扉を開けた音にも気付かなかった。

「今日もまた一本の線すら描けてないのか」

全ての髪が同じ長さのくせっ毛は、シルエットだけ見るとアフロヘアー。無精髭にシワだらけの白シャツを着たその姿は、いかにも身なりに無頓着な中年男性という感じだ。

「すいません、秋山さん」

「謝って欲しいわけじゃない」

「今日は仕事じゃないんですか？」

「俺がいたら邪魔か？」

秋山さんは怪訝な表情を浮かべた。

「そんなことはありませんけど」

彼はこの絵画教室の講師だ。ちなみに生徒は僕一人しかいない。お金持ちに絵画の販売をする、いわゆる画商の仕事が本業で、この絵画教室は片手間で営んでいる。週に一、二回ほどしか顔を出さないので、もはや僕専用のアトリエとなっている。四十歳独身。よく画家の名言を引用する癖がある。

「グランプリに出す作品、もうそろそろ取り掛からないと厳しいぞ」

「締切は八月末ですよね。今日から夏休みですから間に合わせますよ。最悪、この前描いた風景画でも」

「あの風景画ごときが、天下の『丸の内ジェネシス・アートグランプリ』で勝てるかよ。入選すら無理だ」

「そうですか？　結構上手く描けたと思ったんですけど」

「上手いだけだろ。ただ比率が完璧でパースが正確で時間をかけて丁寧に描き込まれているだけだ」

「褒めてますよね」

「褒めてねえよ」

秋山さんは眉をひそめた。

普通なら正確も丁寧も褒め言葉だ。でも芸術の世界において、それらは武器にはならない。

ましてやプロアマ問わず、十六歳から三十歳までの年齢であれば誰でも応募できる、若手の登竜門的二次元アートコンクール、丸の内ジェネシス・アートグランプリ。通称『グランプリ』では。

「とにかくグランプリで入選できなければ、東美大の推薦は間違いなく取れない。今のお前じゃ一般入試は厳しいんだ。いいか、魂を込めろよ。【感情を伴わない作品は芸術じゃない】。これは……」

「セザンヌですよね」

「ちっ、そうだ」

言い当てられた秋山さんは不服そうに舌打ちをした。

僕が志望している東京美術大学の油絵学科は、美術の先生が言ったように日本の美術系私大では最難関だ。現役で受かるのは毎年二、三百人中の十人程度で、倍率は二十倍を軽く超える。文字通り天才だけが入学を許される狭き門といえる。

そこを通過するためには、圧倒的な技巧と唯一無二の個性、その両方が必要だ。僕のような写実しか能のない秀才には厳しい。

ということで推薦を狙っているのだが、僕には中学以降の美術コンクールの実績が一つも無い。秋山さんが言うには、推薦を勝ち取るためにはインパクトのある結果か、少なくとも可能性を感じさせる作品が必要とのことだ。

そのため、具体的な目標として丸の内ジェネシス・アートグランプリの上位三十作品に与えられる『入選』を目指している。

もちろん最も優れた作品と評価された大賞、もしくは準大賞、実質三位にあたる審査員特別賞のどれかであればなお良しだが、それは高望みが過ぎると言うものだ。

ちなみに秋山さんは三浪（さんろう）したものの、東美大を卒業している。

「ダメだったら大人しく普通の大学に行きますよ。絵は趣味でもいいですし」

僕は真っ白なキャンバスを見つめながら呟いた。

絵を描くのは楽しい。特に良い点は、道具さえあれば最初から最後まで一人で完結できるところだ。他人の干渉や協力を必要としない。

だから完成したら終わりで良いのだが、コンクールに出すと他人に観られ、評価されることになる。それを意識すると、途端に手が動かなくなるのだ。

「いや、お前は東美大に行け」

秋山さんがキャンバスの上部分を掴（つか）んだ。ミシミシと軋（きし）む音がする。見上げると、怖い顔で見下ろしていた。

「どこでも絵は描けますよ」

「俺も入学するまではそう思っていた。だがお前は俺に似てる。お前の絵に足りないものが東美大で見つかるはずだ」

「足りないもの？」

「芸術家にとって最も必要なものだ。それさえあれば、お前は後世に名を残す画家になれるだろう」

「はは、そんな馬鹿な」

思わず鼻で笑ってしまったが、秋山さんは力強い瞳を向けている。冗談という顔ではない。

「……買い被りすぎですよ。僕は凡人です」

僕は自分に才能がないことを知っている。

芸術家とは、周囲の反応に左右されず、自分を貫くことができる精神的に強い人間のことだ。僕にとってはそれこそが才能だと思う。もし僕にそれがあれば、中学一年生のあのときにあれほど傷付かなかったし、今でも堂々と選択授業で美術を選べたはずだ。

「それに、秋山さんが言う芸術家にとって最も必要なものを持っていない今の僕の絵が、グランプリで入選できるんですか？」

卑屈な質問をすると、秋山さんは目を逸らした。口もとを歪める。

「それは……」

「第一、賞を取るために絵を描くのも好きじゃないです。いつも心から描きたいものを描けって言ってるじゃないですか」

「うるせえガキだな。そうやって理屈で考えるのがお前の悪いところだ。いいか、【芸術作品は部屋に飾るためにあるんじゃない。闘争のための武器だ】」

「それは誰の言葉ですか？」

「ピカソだ。描いた絵は自分のためにとことん利用する。それが芸術家の正しい姿だ。いいか、お前は画家になるべき人間だ。そのために、グランプリには自分の最高傑作を出せ」

「それができるなら、僕もそうしたいですよ。でも、無理なんですよ」

僕は下唇を噛む。もちろん、描けるなら描きたい。絵描きが良い作品を生み出したいと思うのは当たり前だ。

万が一僕が東美大に入学できて、プロとして絵を描いて生活できたならそれは素晴らしいことだと思う。一人で山奥のアトリエにこもって朝から晩まで絵を描き続ける。最高じゃないか。でも、そんな現実感のない夢を本気で願えるほど子供ではない。

秋山さんは、はあ、とため息をついて、スラックスの後ろポケットに右手を無造作に突っ込んだ。

「相変わらず殻に閉じこもってやがる。だから、そんなお前に感情を解き放つお膳立てをしてやった」

そして再び手を出す。右手で紙をわしづかみにしている。飛行機のチケットだと分かった。

「八月の頭に仕事の都合で沖縄に行く用事がある。お前、夏休みだろ。ついて来い」

「……は？　お、沖縄？」

僕は理解できなくて、間の抜けた声で復唱した。

「お前の味気ない風景画も、普段と違う環境なら奇跡的に感情が乗るかもしれねえ」

あんまりな言い草だ。

「でも、親には……」

「連絡してある。受験対策ってな」

両親は昔からお世話になっている秋山さんを信頼している。受験のためとなれば反対はしないだろう。

「いくら何でも、急すぎです」

「じゃあ今まで通りこの部屋に閉じこもって一人で描き続けるか？　これからの人生、何をするにも自分には無理だって言い訳して逃げ続けるのか？」

秋山さんは眉をひそめ、見下して煽るように言った。きっとわざと怒りを誘い、僕の反骨精神を引き出そうとしている。「じゃあ描いてやりますよ！」とでも言わせたいのだ。

そんな短絡的な手に乗るほど幼稚ではない。でも、思うところはある。秋山さんはなぜか僕を買っている。

神童ではなくなってしまった僕なんかに、いまだ期待してくれている。期待に応えたい、と思うのは本能だ。特に、何年もお世話になっている恩師の期待には。

もしかしたら、沖縄まで行ったにもかかわらず、結局大した絵が描けないかもしれない。そうなったら、これまで目をかけてくれていた秋山さんにさえ、ついに愛想を尽かされてしまうだろう。

でも。

何か、変わるかもしれない。そんな予感があった。

僕は「分かりました」と頭を下げた。

＊

八月一日、秋山さんと二人で向かったのは沖縄県の離島。日本最南端といわれている波照間島の少し手前にある小さな島、志嘉良島だ。羽田空港から那覇空港へ、そして飛行機を乗り継いで石垣島へ。そこからさらに、日に五便往復している高速船で一時間かけて志嘉良島に到着したときにはもう、二十時を回っていた。

「意外と暑くないんですね」

夜の志嘉良島に降り立った僕の感想だった。しっとりした潮風が心地良い。思っていたより涼しく、東京の夜の方が遥かに暑いし、息苦しく感じる。顔面蒼白の秋山さんが、口元を手で押さえながら返事した。

「……陽が出てないときはそんなもんだろう。気温自体は東京の方が高いらしいぞ……うぷっ」

秋山さんは高速船に乗ってすぐに船酔いしてしまった。ずっと甲板で風に当たっていたので、水気をまとったアフロヘアーはいつものボリュームの半分以下だ。

「大丈夫ですか？　一泊して行った方がいいんじゃ」

「いや、今日中に石垣島に戻らないと仕事に間に合わないからな。俺のことは心配するな。お前は自分のことだけを考えろ」

虚ろな顔でそう言うと、おぼつかない足取りのままたった今降りた船に乗り込んだ。

秋山さんはわざわざ僕の引率のためにここまで来てくれた。絵を描くだけなら沖縄本島でも良いと思うのだが、「どうせ沖縄に行くならもっと自然が残る僻地に行った方が良い」とのことで、この島になった。

志嘉良島は、沖縄の数ある有人島の中で最も人口が少ない。全島民が三百五十人ほど、そのうち五十パーセント以上が六十五歳以上のお年寄りで、いわゆる限界集落といわれる島だ。コンビニはもちろん、信号機も自販機も無い。

「海斗、民宿の場所は分かるな？」

「はい。アプリに入ってます」

「明日画材が届くからな。何かあったら電話しろ。一日一枚のデッサンも忘れずにな」

秋山さんがそう言った直後、ぽーっと汽笛が鳴る。秋山さんはひっと短い悲鳴をこぼし、手すりに両手で摑まった。高速船が出港するようだ。

画材は全て配送に出しているので、僕の荷物は着替えが入ったリュック一個で済んでいる。

白い煙を吐き出しながら暗い海に消えていく船を見送った。船が去った後は静かで、波の音しか聞こえない。誰もいない船着場は世界から切り離されたようで、こんなに静かな夜は生まれて初めてかもしれなかった。

忙しい中、船酔いするのにここまで付いてきてくれた秋山さんに感謝しつつ、僕はこの島で明日からどう過ごすかを考えた。

八月一日である今日から二十日まで、二十日間をこの島で過ごすことになる。目的はグランプリ用の油絵を描くことだ。

明日画材を受け取ったら、さっそく風景画を描くためのロケーションを探さなければならない。より沖縄らしい場所がいいだろう。綺麗（きれい）な入江とか、珍しい植物が群生する密林、もしくは幻想的な洞窟などが望ましい。なぜなら僕は、実際に見たものをその通りにしか描けないから。

イメージ上で創作し、そのままキャンバスに描き出せる天才たちと戦うために、モチーフ自体のもの珍しさを個性にして対抗する。そのためのこの旅なので、場所選びは最も重要だ。

窓口を通って外に出ると、港の入り口には古びた銅像が立っていた。上半身は女性、足は魚の尾ひれになっていて台座に腰かけている。

――人魚だ。

僕の身長と同じくらいの大きさで、ところどころ表面の塗装が剝げている。アニメのキャラクターのようなかわいらしさは無く、実際の人間のような頭身でリアリティのあるデザインをしている。台座には古めかしい字体で『おーりとーり』と彫られていた。飛行機の網棚に備えつけられていたパンフレットに、沖縄方言の紹介コーナーがあった。パラパラと眺めていたのでなんとなく記憶しているが、方言でいらっしゃい、ようこそという意味だ。この不気味な銅像と字体では、とても歓迎されているようには思えないが。

港を抜けると、舗装されたコンクリートの地面は途切れ、踏み固められた土の道となった。軽自動車が一台通れる程度の幅で、その左右を大小様々な大きさの石を積み上げたような石垣の塀が囲んでいる。

塀の上からは先の尖った(とが)アダンの葉が飛び出ているし、足もとには真っ赤なハイビスカスが咲いている。いかにも南の島という感じで新鮮だ。

いくつか見える赤瓦の屋根の建物はどれも平屋で、二階建ての建物は見当たらず、ポツンポツンと電柱が等間隔に並んでいる。空が広いとはこういうことを言うのかと思いながら上を見た直後、思わず声が漏れた。

「うわあ」

圧倒される星空だった。

無数の光の粒が視界を埋め尽くしている。東京なら一番星でも見えたら充分なのに、この志嘉良島では数え切れないほどの星が煌めいている。

夜空の色は黒だと思っていた。しかし空気が澄んでいるからか、星の光が強いからか、この空は青みがかったインディゴブルーに見える。同じ夜空でも、見え方が違う。

しばらく立ち止まってぼーっと眺めていると、白い点の集まりの中、右から左へ一本の直線がすっと描かれ、すぐに消えてしまった。それが流れ星だったのだと気付いたのは、また別の直線が描かれてからだ。

生まれて初めて見る流れ星。当たり前のように見えるそれらを五回見送ったのち、僕は正気に戻り、再び土道を歩き出した。

まるで映画のセットのような民家は、ほとんどは明かりが消えている。まだ二十時すぎとはいえ高齢者が多いようなので、すでに寝ているのかもしれない。と思えば、不用心に扉を全開にしている家もある。三線の音色も聴こえてくる。

周囲をきょろきょろと見渡して、地図アプリを確認するため、スマホ画面に目を落とす。星空を堪能した後の液晶の人工的な光はとても冷たく感じられて、思わず画面を消した。どうせ一本道なので迷うことはないと思った。

五分ほど歩いたところで、民家の隙間から海岸が現れた。現地の人からしたら台風や雨で増水したときなどは大変かもしれないが、住宅地の中でも当たり前のように海が見えるなんて羨ましい。流れ星もハイビスカスも、民家の中に突然現れる砂浜も、何もかもが新鮮だ。

アプリのルートから少しだけ逸れて、夜の砂浜へと寄り道した。もしかしたら早くも良い風景が見つかるかもしれない。

スニーカーで砂浜を踏む。砂が擦れる音がした。辺りを見渡しながら海岸沿いを歩く。整備されたビーチじゃない、あくまで自然の砂浜。打ち上げられた流木が散乱している。

どこからか歌声が聴こえてきた。鼻歌のようだ。

そう思った矢先、下半分を長年波で削られ続けたような逆三角形の大岩があり、その上に腰かけた一人の少女が夜空を見上げて鼻歌を奏でているのを見つけた。

肩につかないくらいの短髪。しっとりと肌にはりつく濡れた白のTシャツと短パン。

薄暗くてぼんやりとしか見えなかったが、非日常の幻想的な空間に佇む彼女はまるで、この世のものじゃない、空想上の生き物に見えた。そう、例えるなら。

「……人魚だ」

心で感じたことが無意識に口から漏れた。港の不気味な銅像なんかより、彼女の方がよほど人魚らしいと思った。

「……だれ？」

岩の上の人魚は僕の声に反応し、鼻歌を止めた。こちらに首を向けて質問を続ける。

「観光客？　何しに？　何で？」

彼女は僕の足から頭までをさらっと見渡して、周囲には誰もいないことを確認した。

「え、えーと、はい。観光で来ました。船で」

たどたどしくも質問に答える。彼女は僕の身長ほどある大岩から身軽な動きで飛び降りた。とん、と体重を感じさせない音で着地し、砂浜を裸足（はだし）でざくざくと力強く駆け、僕の目の前で止まった。

僕は人付き合いが好きじゃない。だから現地の人と積極的に関わるつもりなんてなかった。さっさと場所を見つけて、グランプリ用の絵を描きあげるつもりだったのに。

砂浜に寄り道なんてしなければ良かった、と後悔した。

「ねえ！　どこから来たのっ？」

彼女は神秘的な雰囲気だった先程とは違って、明るい口調で尋ねてくる。人懐っこく首を傾げて、僕の顔を覗き込む。

「そ、その。東京の……」

「えーっ、東京!?　都会人さー！」

大きく口をあけ、上半身を後ろに反ってリアクションした。でもわざとらしいとは思わず、無意識という感じだった。

身長は百六十センチに満たないほどで、細身。濡れた肌は星明かりを反射し、微かに発光している。

「君も高校生っ？　私は高三！　たぶん同じくらいさ！」

そう問いかけながら、琥珀色の目を細める。知らない人との会話なのに、いつもより緊張しない。まるで昔から知っているような安心感が、彼女の淡い笑顔にはあった。

「はい、僕も高三です」

「一人旅？　家族旅行？」

「一人……いや、途中まで先生と」

「先生!?　学校の？　なんで？」

彼女がぐっと身を寄せる。額に張りつく濡れた前髪が揺れる。大きな瞳は好奇心の塊といった感じで瞳孔が開いている。

僕は志嘉良島に来た経緯を、脳内でどう説明しようかと組み立ててみる。絵を描きにきた、なんて初対面で言いたくない。例えもう二度と会わない子だとしても嫌だ。いかにして誤魔化そうかと言葉を探していると、視界の下の方でうごめく何かが目に入った。

「う、うわっ！」

砂浜に裸足で立つ彼女のすぐ足下に、青と黒の縞模様のヘビがいた。砂との摩擦を一切感じさせない、ゆったりとした動きで蛇行している。

ヘビなんて動物園でしか見たことがない。僕は全身に鳥肌が立ち、腰を抜かしそうになる。

「え、何？」

彼女はヘビに気付いていないようで、僕の大声に驚いている。

「危ない！」

僕はとっさに彼女の手首を摑み、思いっきり引き寄せた。

「わわっ！」

彼女は片足でバランスを取りながら、よたよたと僕の後ろに回る。

ヘビは頭から尻尾まで、長さは五十センチほど、太さ三センチはあるだろうか。青と黒の縞模様で、ぎらぎらと光沢のある鱗。見るからに危険な色合いだ。とにかく驚いて心臓が止まりそうだった。

「あーっ！　アオマダラウミヘビ！」

そうして腰が引けている僕の後ろで、彼女が背中から乗り出すようにヘビを覗き込んで叫ぶ。僕の手から離れ、ヘビに駆け寄っていく。

「珍しーっ！　この辺りはエラブウミヘビばっかりなのに！」

ウミヘビ？　脳内で復唱する。熱帯から亜熱帯地方にいる海を泳ぐ蛇。それがテレビの中ではなく、目の前にいる。

彼女は膝に手をついてまじまじと見つめている。その間、ヘビは動きを止めている。上から見下ろす人間を警戒しているような態度で、舌を俊敏に出し入れしている。

野生のヘビというだけで僕からしたら未知のモンスターだ。でも彼女はまるで野良猫でも見つけたかのような無邪気な表情で見つめている。その顔だけでも理解できなかったのだが、そのうえ、さらに驚きの行動に出た。

「ほっ」

短パンからすらりと伸びた素足で、突然ヘビを踏みつけた。

「え、ええええっ!?」

僕は驚きのあまり声をあげたが、彼女は平然としている。踏まれたヘビは頭と尻尾を高速で振り回し、もがいている。そんなヘビの尻尾の方を手でわしづかみにし、ずるずると引っぱった。

そうして素足から頭が親指ひとつ分くらい出ている状態にすると、その頭を親指で押し潰しながら摘まみ上げたのだった。

「あははっ！　捕まえたー！」

彼女は目を細めて笑いながら、ヘビの頭をこちらに向けた。

ヘビは青い頭と白い顎を上下から押し潰されて口が開かない状態にされ、恨めしそうに僕を睨んでいる。青と黒の胴体で彼女の腕に巻きついて、気持ちばかりの抵抗をしているようだ。

「やっぱりアオマダラはいいさー！　この色すごく綺麗でかわいくない？　やーも触ってみる？」

綺麗？　ヘビ、牙、毒などの全ての要素を抜いて色だけに限定したら、確かに綺麗と言えなくもない。

「……い、いい！　いいです！」

しかしヘビはヘビだ。僕は喉から声を絞り出し、かろうじて首を横に振った。

「しかばーだなー。気持ちいいのに！」

うっとりとヘビの表面を眺める彼女。子猫の肉球を押すかのごとく、ヘビのお腹をむにむにと突いている。しかばーとは沖縄方言だろうか？　態度から察するにビビりとか小心者とかいう意味だろうか。

「そ、それ毒とかないの？　いかにもありそうな色だけど」

僕の質問に彼女は大口を開けて、あははと笑いながら答えた。

「毒があるのは牙だけだし」

「やっぱり」

「噛まれなければ大丈夫さー」

「でも、危ないんじゃ……」

そういえば昔観たテレビ番組で、沖縄ではハブを捕まえたら役場でお金に換えてもらえると言っていた。ヘビを捕まえるということ自体はよくあることなのだろうか。

「それ、よく捕まえるんですか？」

「ウミヘビは珍しいかも。ハブなら慣れてるけど！」

「ハブも毒がありますよね。怖くないんですか？」

「怖くないさー。でもウミヘビはハブの三十倍の毒があるからさ、気をつけてはいる」

「三十倍⁉　そんなの、噛まれたら死んじゃうんじゃ」

　彼女は取り乱す僕をあざ笑った。

「三十分以内に病院で血清を打たないと死んじゃうよ。でも血清は志嘉良島の診療所には無いからさ、石垣島から救急ヘリを呼ぶんだけど、その間に三十分経っちゃうからどっちみち死んじゃう。あはは！」

　右手のウミヘビは脱出を諦めておらず、尻尾でペチペチと二の腕を叩いている。彼女の話が本当なら、今、少しでも指を滑らせて噛まれたら死んでしまうということだ。

「よ、よく笑えますね……。そんな危険を冒してまで触る価値があるんですか？」

　彼女は即答でうんと小さく頷いて、波打ち際の近くまで歩き、しゃがみ込む。

　そして、ヘビをそっと砂浜に放した。ヘビはもうこりごりだという感じで蛇行しながら海へ逃げるように帰って行った。

　それをじっと見送り、彼女は膝を抱えながら呟いた。

「私は今、この瞬間にしたいと思ったことを全部する。後悔しないために。ウミヘビに嚙まれなくても、どうせいつかは死ぬんだからさ」

　穏やかな波の音と同じくらいの、ささやかな声量だった。屈んで背中を丸めた姿は、先程までの快活で無邪気な印象から、岩の上に腰かけていたときのような神秘的な雰囲気に変わっていた。

　人がいつかは死ぬなんて、分かり切ったことだ。

　こんな悟った台詞を学校の同級生が真面目に言っていたら笑ってしまうが、彼女の口から零れると何ともいえない説得力がある。おそらく、実際に好奇心のためだけに恐れずヘビを捕まえたところを目の当たりにしたからだ。彼女は本気でそう思っているのが伝わる。

　自分から聞いておきながら返事に詰まっていると、彼女はこちらを向いて照れ臭そうに眉を寄せて笑い、立ち上がった。

「……なんてねっ！　いやー、東京の高校生から見たらいかにも田舎の娘って感じではしたなかった？　おほほ、ごめんあそばせ」

　口を右手で隠し、演技がかったように小首を傾げる。

「いや、そんな……」

　いろいろ衝撃的すぎて、適当な返事が思いつかない。そんな僕に彼女はふっと距離を詰め、僕の右手を両手で包むように掴んだ。

「ねえねえ、いつまでいる？　友達になろう！」

「えっ？」

心臓が跳ねる。顔の造形自体もかわいいし、愛嬌のある表情や人懐っこい距離の詰め方は、どこに行っても人気者になれるだろう。潮の匂いに混じって爽やかな柑橘系の香りがして、つい照れてしまう。自分の顔にみるみる血が集まっていくのが分かった。きっと昼間だったら赤面しているのに気付かれていた。夜で良かった。

「私、伊是名風乃！　君は？」

「僕は……、海斗。高木海斗です」

「海斗！　うん、よろしく！」

いぜなってどんな漢字なのとか、いきなり呼び捨て？　など、とにかく取らないといけないリアクションがたくさんあるはずなのに、風乃の元気さと言うか、ある種の生きているエネルギーみたいなものにあてられて、僕は終始うろたえるだけになってしまった。

泊まる予定の民宿に案内してあげる、と風乃が提案した。僕は断ったが、そこのおばあちゃんとは仲良しだから任せて、と強引に先導された。風乃が、石垣の塀の両側にシーサーを構えた赤瓦の古民家に駆け込んで行く。

「トミおばあー！　はいたい！」

追いかけると、静かな島には不似合いなほど元気な挨拶をしたところだった。

「風乃かやー。どうしたんだい」

玄関に出てきたのは、腰の曲がった白髪のおばあちゃんだ。

「海斗がさ、南風荘（ばいかじ）に泊まるって言ってたから案内したさー！」

「海斗？　……ああ予約してた高木海斗かい？」

「そうそう！　海斗、トミおばあはとーっても料理上手だからさー！　よろしくね！」

僕の代わりに返事し、ついでにトミさんの紹介まで済ませてしまう。風乃は僕が今まで出会った人たちの二倍のスピードで生きている感じだ。

「よろしくお願いします」

僕が頭を下げると、トミさんは無表情のまま頷いた。

「礼儀正しいね、さすがは内地の子さ。それに比べて風乃はまたびしょ濡れだし、裸足で歩き回ってから……、嫁入り前の娘とは思えんね」

「こ、これは海に入ってたからだしっ。私だって行儀良くできるし！」

「どこがよ。いつまでもやまんぐーだね」

「違うしー！」

風乃が頬を膨らませた。トミさんはふっと柔らかく微笑み、風乃の頭を撫でる。

「風乃は自分がしたいことをすればいいよ。ほら早く風呂に入ってきなさい」

「……ん、分かった」

ぷんぷんと拗ねた仕草をしていたのに、急に借りてきた猫のように大人しくなり、こくんと頷いた。血縁者では無いはずだが、まるで血の繋がった祖母と孫のようだ。

風乃が振り返り、玄関を出て行く。自分の家に帰るのだろうか？

「まだ帰らないよ。ウチの風呂は外にあるのさ。たぶんご飯を食べてくだろうから、風乃の分も用意しないとね」

「あ、そうなんですか」

まるで心を読まれたかのようだ。それとも、誰が見ても分かるほど僕は彼女を名残惜しげに見ていたのかもしれない。もしそうなら恥ずかしい。

「部屋に案内するさ。荷物はそれだけかい？」

「あ、他の荷物は配送に出していて、明日の午前中に届く予定です」

トミさんが小さく頷いて歩き始めたので、僕は靴を脱いであがった。障子で仕切られた畳敷きの部屋がいくつもあって、うち一部屋には立派な仏壇があった。民宿というものを初めて利用するが、ホテルや旅館なんかとは全然違う。広めの家だ。

「一人なのかい？　石垣島から船に乗ったのは、大人の男と高校生の二人だったと聞いたんだけどね」

トミさんが廊下を歩きながら尋ねた。秋山さんのことだ。

「あ、はい。もう一人は明日仕事があるそうなので、すぐに石垣島に戻りました」

なぜ船に乗った人数を知っているのだろうかと疑問に思ったが、これくらいの小さい島なら、きっと外から人が来るのはよほど珍しいことなのかもしれない。

「そうかい……、海斗は二十日までいるんだってね」

「はい、夏休みなので」

「夏休みかい、いいねえ。でも友達と遊ばなくていいのかい？」

「みんな予備校で忙しいですから」

「内地の子は大変だね」

「風乃さんも高三ですよね。受験があるんじゃないですか？」

大して深く考えず、ごく自然に問いかける。トミさんは前を向いたまま黙っている。曲がった腰に手首を当てていて、一歩ずつ歩くたびに小さな背中が左右に揺れる。

トミさんが一番奥の部屋の襖を開けると中から冷気が漏れ出た。

「ここが海斗の部屋さ。この部屋はもちろん、どの部屋も自由に使ってくれて構わないよ。他に客はいないからね」

話を逸らされたような気がしたが、プライベートな話だし、人づてに聞くことでもないかと思い直した。

四畳半の和室の中央にはすでに布団が敷かれている。隅に低い机と座椅子があり、その横には年季の入った緑色の扇風機がある。同じくらい古そうな、年代物の角ばったエアコンはすでに電源が入っていて、汗ばんだ体を心地よく冷やしてくれた。部屋を冷やして待っていてくれたようだ。

僕はリュックを座椅子の横に置いて、改めて頭を下げた。

「二十日間、よろしくお願いします」

「あまり気遣わずに、自分のオバアだと思って何でも言っておくれよ」

表情は硬いが優しそうな人で良かった。知らない土地で二十日間も宿泊するのは初めてで内心緊張していたから。

しばらくして、晩ご飯の準備ができたとのことで、居間に向かった。テーブルには料理が盛られた皿がいくつも並んでいて、風呂上がりの風乃が座っていた。タオルを首にかけ、髪はほんのり濡れている。女の子のお風呂にしては早い。でも彼女がじっとしている姿は想像できないので、妥当な気もした。

「今夜はご馳走だよ。海斗のおかげさ！　来てくれてありがとう！」

風乃がにっと笑いながら見上げる。箸を両手で一本ずつ握りしめている姿は、まるでご飯が待ち切れない幼い子供のようだ。

テーブルをはみ出しそうなほど用意されている食事は、彼女が言う通り豪勢だった。大皿には溶けかけのチーズにおおわれたタコライスや、湯気から鰹出汁の匂いが漂うソーキそばに加え、ゴーヤチャンプルーや、味噌だれを添えた海ぶどうなどの郷土料理がある。さらに何の肉が入っているのかよく分からないお吸物やぷるぷるの骨付き肉もある。

「す、すごいですね」

圧倒されながら、風乃の斜め向かいの座布団に座る。トミさんが目の前に茶碗を置いた。炊き込みご飯が盛られている。

「作り過ぎたかい？　でも食べ盛りだし、大丈夫だろう。がちまやーの風乃もいるからすぐ無くなっちまうだろうね。おかわりの準備をしとくさ」

「は⁉　がちまやーじゃないし！　おしとやかだし」

匂いを嗅いでにこにこしていた風乃が、慌てて首を横に振る。がちまやーの意味が分からない僕に、トミさんが「食いしんぼうってことさ」と教えてくれた。

「もーっ！　いただきます！」

風乃は少し拗ねたように食べ始める。しかし一口頰張ると眉間にあったシワはすぐに消え、笑顔でせかせかと箸を動かすのだった。両頰を食べ物で膨らませる顔は小動物みたいで微笑ましい。

「ちゃんと嚙むんだよ、喉に詰まらさんようにね」

「はむ、はむ、うん……、おいしー！」

がちまやーという評価を嫌がっていたはずが、もうその出来事を忘れたかのように夢中で頰張っている。したいことをすると宣言していた通り、彼女は今、食事をすることだけに熱中している。

かくいう僕も、一口食べて「……美味しい」と無意識に感想をこぼしてしまった。

「トミおばあのラフテーは世界一だよ。何と言っても一晩寝かせてるからさ！」

風乃はまるで自分の手柄かのように誇らしげだ。

一見、豚の角煮のようなその料理は、皮、脂身、赤身の三層からなり、これでもかというほど煮汁が染み込んでいて、あめ色にテカテカと輝いている。箸で切れてしまうほど柔らかく、口の中に入れると熱々の肉汁と甘辛さだけを残し、ほろほろと崩れていく。すぐに無くなってしまったので、悲しかった。

目の前で笑顔で頬張る風乃を見ていると、他のどの料理も美味しく感じられる。あっと言う間にテーブルは皿だけになり、おかわりまでしてしまった。

「ふーっ、くったくった！　トミおばあ、ごちそうさまーっ！」

食べ終わり、風乃が畳の上であお向けになりながらぽんぽんと腹を叩く。

「風乃、眠くなる前に帰りなさい」

「そうするー！　ねえ、海斗は明日からどうする予定なわけ？」

風乃が上体を起こし、勢い良くテーブルに手をつき前のめりになる。

僕は、「とりあえず午前中は荷物を受け取ってから、絵を描く場所を探します」と言いかけて、やめた。他人との壁を作らずにずかずかと踏み込んでくる風乃に、油断するとつい口を滑らせてしまいそうになる。

——絵を描いていることを知られたくない。

もう中学のときのようなことにはならない。あれはお互い子供だったことが原因の、不幸な事故だ。頭では分かっている。でもそう思ってはいても、やっぱり同世代の人に知られるのには抵抗がある。

しかし、無情にもトミさんが言った。

「絵を描くんだろう。そう聞いてるよ。必要なものがあるなら言っておくれ」

僕が内心舌打ちしたのと、風乃が「えーっ⁉」と叫んだのは同時だった。

「絵を描くための旅行⁉　でーじ本格的さ！　画家目指してるの？　ていうかもしかしてすでにプロ⁉」

大きな瞳をきらきらと輝かせる。

秋山さんがトミさんに伝えたのだろう。確かに油絵は手や服が汚れるから、宿側には伝えておくべきだ。しかし、風乃には知られたくなかった。

「そういうわけじゃないんですが、コンクールに出さないといけなくて、絵の先生に連れて来られたんです」

テーブル越しに風乃の圧を感じながら、僕は否定する。

「それでもすごいさー！　何を描くの⁉」

「僕は風景画しか描けないので」

「へえー！　志嘉良島の風景に目をつけたセンスは褒めてあげよう！」

風乃の目尻が下がる。心底嬉しそうだ。

「場所って決まってる？」

「いえ、まだ……」

「じゃあ私が志嘉良島を案内してあげるさー！　良い場所いっぱい知ってるからさ！」

「案内？」

「それに、私この島大好きだから、海斗にも好きになって欲しいし！」

「いや、僕は」

とっさに断ろうとしたが、右手をがっちりと掴まれた。

「遠慮しないでいいし！　一緒にがんばろー！」

油絵具を洗い落とすために洗剤を使うせいで、すっかりカサついてしまった僕の手とは違い、風乃の手はしっとりしていて柔らかい。それに気安くボディタッチし過ぎだ。緊張で胃が締まる。

手を握られたまま、僕はトミさんに助けを求めるように視線を送った。しかしトミさんは困ったような呆れたような、複雑な表情をして、ため息をついた。

「……海斗、風乃に付き合ってやってくれんかい？」

そうして断ることができない空気に追い込まれてしまう。

確かに地元の人に案内してもらえるのは都合が良い。観光客の立場では知れないような場所にも案内してもらえるかもしれない。でも、あまり風乃と一緒にいるのは危険だと思った。他人とは壁を作っておきたい。でも彼女は関係なく踏み込んで来てしまう。

「いや、悪いですよ。風乃さんも忙しいでしょうし」

「いーや大丈夫！　暇さ！　私、何もやることがないからさ。むしろ海斗の役に立てるならうれしい！　いつまでに描かないといけないの？」

「一応、二十日までいる予定なので、それまでに」

高三の夏休みが暇だなんてありえるのだろうか。

「ちょうど良いさ。二十日からお盆が始まるし、それまでに絶対良い絵を描こう！」

「いやいや、本当に大丈夫です。お構いなく」

「いいってば！　きっとそれが私の役割なの」

風乃が真正面から見つめてくる。相変わらず手は握ったままだ。正直、断れる気がしない。今まで会った誰よりも押しが強い。なぜこんなに頑なのだろうか。関係ない他人なんかのために。僕には理解できない。

「……ね、お願い。そんなに私じゃ嫌？」

風乃は眉尻を下げ、口を横に結んだ。先程までのはつらつとした態度から一転、震えるような寂しげな声だ。こんなギャップはずるい。

僕はため息をついて、頷いた。

「分かりました。じゃあ、描くところは見られたくないので、場所を教えてもらうだけです。都合が良いようですが、それでも良いですか？」

「もちろんいいさー！」

「完成しても風乃さんには見せませんよ」

「うん、ありがと！」

酷い条件だと思うが、風乃は気にしてなさそうで、ぱっと笑顔になった。

「あとタメ口でいいし、名前も呼び捨てでいいさ！　同い年なんだからさ」

「で、でも」

今日会ったばかりの女の子を名前で呼び捨てなんて、ハードルが高い。

「それが嫌なら案内してあげない」

「いや、それなら別にしなくても」

「ほら、早く！」

風乃は腕を組んで、険しい顔で顎をくいっと上げた。見下すような見方で圧迫感を与えてくる。怖くはないが、こんな表情もするのか、と新鮮だった。

「じゃあ……風乃。よろしく」

たどたどしい口調で言うと、彼女は満足げに立ち上がった。

「うん、よろしく！　明日の朝にまた来るから！　トミおばあもまた明日ーっ」

そうして僕らの返事を待たず、とたとたと足音を立てて去って行った。

すぐにガチャン、と玄関の扉が閉まる音がする。まるで台風が去っていった後のように、途端に静かになった。

トミさんが空になったお皿を重ねて後片付けをし始めたので、僕は手伝いますよと言って立ち上がる。

「助かるさ」

「いえ、これくらいは」

「片付けじゃなくて、風乃と仲良くなってくれたことがよー」

「まだそんなに仲良くはないですけど」

「そうかもしれんね。でも風乃が楽しそうで、それが何よりも嬉しいのさ」

洗い物をするトミさんの声には実感がこもっていた。肉付きの薄い頬が柔らかく持ち上がっている。

「ずいぶん懐いてますね、遠慮なく食べてましたし。昔からああなんですか？」

「この島は子供が少なくて、小さい頃からみんなで可愛がってたからね。やまんぐーに育ってしまったね」

島民全員が家族みたいなものか。いかにも田舎という感じだ。好きな人は好きなんだろうが、小さい頃から何でも知られているのは窮屈だなとも思う。

「申し訳ないけど、あの子の気が済むまで相手してやってくれ」

「はあ、分かりました」

こっちは客だというのに、孫の世話を押し付けられたような気分だ。出会って間もない女の子と二人きりでなんて、明日のことを思うと胃が痛くなる。しかし、風乃に握られた右手の温かさは、なぜか忘れられなかった。

その夜、秋山さんから電話があった。無事民宿にたどり着けたか確認され、親にも連絡しておけよと釘を刺された後、グランプリの話になった。

『良い場所見つけたか？』

「まだ夜なので何とも。あ、星は綺麗でした」

『そうか。地元の人間に案内してもらえたら一番良いんだが、お前はそういうの苦手だろ』

「失礼ですね。明日案内してもらう約束しましたよ」

そう答えると、スマートフォン越しの秋山さんの声が、興味深げなトーンに変わった。

『ほう。もう知り合いができたのか？』

「はい」

『どんな人だ？』

「地元の子です」

『その言い方、まさか女か？』

なんて鋭いんだ。さすが、四年半もの付き合いなだけある。

「はい、まあ、そうです」

『やるじゃないか。恋愛は大事だぞ。【恋愛と芸術は同じだ。全身をぶつけること、そこに素晴らしさがある』。これは岡本太郎の言葉だ』

「いやいや、飛躍し過ぎですから。そういうのじゃないです」

『いや、お前の態度はあやしい。何かいつもと違う。童貞ってやつは気になる女の影を過剰に隠そうとするものだ』

「高校生になんてことを」

『海斗、気持ちは分かるがちゃんと絵は描けよ。女にうつつを抜かしている間に他の応募者は……、いや逆に教育者としては、絵なんかいつでも描けるぞと言って背中を押すべ』

　そこで、僕は通話を切った。本当はもっと早く切っても良かったが、志嘉良島に連れて来てもらったという感謝を加味して長めに付き合ってあげた方だ。一応秋山さんに言われた通り親にも連絡をしておいた。タカヤからも通知が来ていたが、面倒だったので未読のまま寝た。

　目が覚めるともう朝だった。とにかく蝉の声がうるさい。タオルケットを頭の上まで被ると蝉の声には耐えられるが、今度は暑すぎて、結果、僕は二度寝を諦めた。

窓から射し込む朝日が眩しい。汗で肌に張りついて気持ち悪いシャツの襟をつまんでぱたぱたしながら、勢い良く窓を開けた。蟬の声はボリューム調節のつまみをぐいっと回したかのように一段と大音量になり、むわっとした夏の熱気が全身に絡みつくような気がした。

雲一つない青空。直射日光でもないのに、瞼の裏が痛むほど陽射しが強い。ぼんやりと外を眺めて、ここは志嘉良島なんだなあと実感した。

居間に行くと、トミさんが座布団に座ってお茶をすすりながらテレビを観ていた。

「おはようございます」

「はいたい。朝ご飯できてるさ」

トミさんはそそくさと立ち上がった。まるで催促をしたみたいで申し訳ない気持ちになる。

「あ、お構いなく」

「気にしなくていいさ。お客さんだからよー」

そう言って腰をとんとんと叩きながら、台所に向かっていった。

僕はとりあえずテーブルの前の座布団に座り、ぼーっとテレビを眺めた。ニュースのスポーツコーナーから朝の占いに変わったところだった。こんな離島でも東京と同じ番組がやっているんだなあ、と失礼なことを考えていると、トミさんがお盆を持ってきてくれた。

皮が赤い焼き魚に、お米とお吸い物。あと漬物が数切れ、という質素な朝ご飯だ。

「ありがとうございます、いただきます」

手を合わせて箸を握る。正直に言うと僕は魚より肉の方が好きだ。出てきて嬉しい朝ご飯はウインナーやハムエッグで、焼き魚なんてお腹が空いていたら食べるくらいのものだが、トミさんが作る沖縄の郷土料理はやたらと箸が進む。

赤い焼き魚は、たまに家で出される赤鯛ではない。魚に箸を刺すと、プチッと皮が弾け、肉汁が滲み出てくる。肉は白身で柔らかく、あっさり塩味。見た目からしてもっと複雑な味がするかと思ったが、上品で淡白な味わいだ。

「これは何の魚なんですか？」

僕が尋ねると、トミさんはお盆の横に黄金色のお茶が入ったグラスを置いた。中の氷がカランと音を立てる。

「グルクンさ。今朝獲れたばかりの魚だよ」

初めて聞く魚だ。もっとも、特に魚に詳しいわけでもないけど。そう思いながらお茶を一口すする。さんぴん茶だ。爽やかなジャスミンの香りが鼻から抜けていく。グルクンの塩味とも相性が良くて、毎朝これが良いと思った。

「美味しいです」

トミさんは、僕の感想を「そうかい」と素っ気なく流した。

それからは無言で黙々と食べ続けた。テレビの音と咀嚼音、蝉の鳴き声、たまにさんぴん茶の中で氷が割れる高音が響いた。

無言だったが気まずいとは思わず、むしろ心地良かった。田舎のお年寄りといえば、世話焼きで頼んでもいないのにあれこれ構ってくるというイメージがある。でもトミさんはそういう人じゃないようだ。

もし僕が地元の人とコミュニケーションを取ることを楽しみにしている観光客だったら物足りないだろうが、僕はこの対応を望んでいる。わずらわしい人付き合いは学校のときだけで充分だ。

朝食を終え、ぼーっとテレビを眺めていた。トミさんがチャンネルを変えてもいいと言ってくれたので、適当にリモコンのボタンを押した。

ほとんどが『このチャンネルはご視聴できません』だった。かろうじて映ったチャンネルは四つだけ。しかもうちひとつのニュース番組は、『この番組は七月二日に放送されたものです』というテロップが表示されている。ちょうど今から一ヶ月前の日にちだ。

台風による高潮被害で、数名の島民が亡くなったという内容だった。

大して頭に入ってこなくて、リアルタイムじゃないニュース番組に意味はあるのか、と心の中で毒づいた。僕はそっとリモコンを置いた。

しばらくすると、インターホンが鳴った。トミさんが立ち上がろうとしたので、手のひらを向けて僕が出ます、と制した。きっと僕の画材が届いたのだ。

扉を開けると、僕より頭一つ分背が高い二十代後半くらいのお兄さんが立っていた。

彼は僕の顔を見て眉をひそめた。ダンボール箱を両手で抱えながら僕の横を通過し、玄関に下ろす。

「これ、お前の荷物か？　ここで何してるか？」

お兄さんは帽子を脱いで、袖で額の汗を拭った。髪は赤寄りの茶髪。ムラがあるので、染めているというよりは日に焼けて色が変わったという感じかもしれない。眉はかなり細く、眉尻が鋭角にカーブしている。運送屋の水色の制服を着ているが、シャツのボタンが三つ目まで開いていて着崩している。見た目はヤンキーの兄ちゃんという印象だ。

「あ、はい。えと、昨日から泊まってます」

その威圧感に怯え（おび）ながら返事する。すると彼はこれでもかというほど眉を釣り上げた。

「は？　泊まってるだあ？　なんで……」

「はいたーい！　大地（だいち）にいにい、お仕事おつかれさまっ！」

すると言葉を遮るように、彼の大きな背中の横からひょっこりと顔が出てきた。風乃だ。今日もTシャツに短パンというラフな服装をしている。お兄さんの剣幕に縮み上がっていた僕は、その明るい声に心底ほっとした。

「海斗、昨日ぶり！　よく眠れた？」

「ああ、うん。おはよう」

風乃に返事すると、お兄さんはまた眉間にシワを作って僕を見下ろした。

「風乃、こいつと知り合いか？」

「うん。昨日友達になったさー。海斗だよ。この人は大地にいにい。二人とも仲良くしてねっ」

「よ、よろし……」

「はあ？　ふざけてるば？」

頭を下げようとすると、大地さんはドスをきかせた声で凄んだ。怖い。なぜこんなに怒っているのだろうか。

「大地、私の知り合いさ。威圧しないでくれ」

そこへトミさんがやってきた。大地さんはトミさんに何かを言おうとして大きく息を吸ったが、やめた。代わりに僕の耳元に顔を近づけて、低い声で囁いた。

「やー、風乃に手え出したら死なすからな」

真夏の沖縄だというのに、体が芯から冷え切ったような感覚だった。恐怖のあまり、爪先から頭の頂上まで順々に鳥肌が立つ。

大地さんは玄関に置いたダンボールの他にも平べったい大きな荷物を車庫の中に立てかけて、トミさんに判子をもらい、帰っていった。

その間、立ったままガチガチに硬直していた僕の背中を、風乃がバンバンと叩く。

「あはは！　海斗、大丈夫？」

大丈夫じゃない。単純に怖い人に脅されて震え上がったし、そもそも他人から悪意を持った視線で睨まれるのは苦手なのだ。

「あの人、何であそこまで怒ってたの？」

「怒ってないし。気のせいさ」

「いやいや、怒ってないと言い切るには無理があるよね？」

「大丈夫大丈夫！　本当に死なすわけないいし！　大地にいには優しいから」

あれで優しい？

風乃に手を出したらというのは、つまり男女の関係になったらと言うことか？

なぜわざわざそんなことを釘刺したんだろう。

「もしかして、風乃の彼氏？」

すると、彼女は腹を抱えて笑った。

「あーはっは！　冗談やめるし！　絶対無いから！」

「じゃあ、実の兄とか」

息もできないくらい笑いながら首を横に振っている。恋人でも血縁者でも無いらしい。でも島の人は全員家族のようなものと言っていたし、きっと妹に手を出すなと怒る兄的存在、という感じなのだろう。風乃は他人との距離感が近すぎるので、身内目線だと心配してしまう気持ちは何となく分かる。

「もし次会ったらどうしよう」

「はいさい！　って笑顔で挨拶すればいいさ！」

「いやいやダメでしょ！　もし風乃と一緒にいるところを見られたら……」

「私は私がしたいことをするから。大地にいにいに止められても、海斗と会うのをやめないし！」

「風乃は許されるかもしれないけど、僕はボコボコにされるよね」

渋る僕を、トミさんがなだめた。

「心配ないさ。大地はああ見えて真面目だからよ、よほどのことがない限りは手を上げたりはしないさ」

あれが真面目か？　完全にヤンキーだったのに。

「そうは見えませんでしたけど」

いまだ疑う僕の肩を、風乃が叩く。

「本当さ。大地にいにいは青年会のリーダーだから、海斗も悩み事があったら相談したらいいさー！　きっと力になってくれるよ」

「青年会？」

「うん。青年会は行事を仕切ったりするんだよ。他にも、この島はお年寄りが多いから、電球替えたり重いもの持ってあげたりもするさ。みんな大地ににいを頼ってるよ」

「そうなんだ」

「今はお盆前だからピリピリしてるだけ。沖縄にとってお盆は一番大事な行事だからさ。正月は帰らなくても、お盆だけは帰って来いって言われるくらい」

「ふーん、分かったよ」

僕は納得したようなしてないような生返事をした。地元の人たちのことに興味はないし、大地さんに頼るなんて天地がひっくり返ってもありえない。

荷物を部屋まで持って行き、平らな方は車庫に置いたままにした。そうして大地さんに怯えながら、約束通り風乃に志嘉良島を案内してもらう名目で、風乃と二人で出かけることになった。

外は炎天下で、ただ立っているだけで汗の雫がだらだらと垂れるほど暑い。

沖縄は東京よりも気温が低いらしい。その理由は海が近く、海風がなだれ込んでくるのを邪魔する山がないから。つまり陽射しは強いが、風もあるから気温は下がるということだ。

今日も天気予報によると東京が三十七度に対し、沖縄は三十三度と低い。しかし快適で過ごしやすいかと言われれば、決してそうではない。

「あっつ……」

僕は南風荘から徒歩一分の距離にある、こぢんまりとした商店のガラス戸の前で一人立っていた。

額の汗が目に入る。それを拭いながら、地面に映る自分の丸い影を見下ろしていた。陽射しが強いので影が濃い。境目がくっきり見える。風はあってもぬるいし、何より全てを帳消しにするような灼熱の太陽。これは何の修行だろうか。

「おまたせ！　風乃ねえねえがつめたーいアイスを恵んであげるさ！」

ガラス戸が開き、風乃が空色のアイスバーを二つ持って出てきた。このタイミングで食べるアイスはさぞ美味しいだろう。意外と気が利くんだな、と感心する。

「ありがとう。いくら？　財布は置いてきたから後でお金払うよ」

「いらない。タダで貰ったし」

「タダで？」

「島の人はみんな、私がお願いしたら何でもくれるから！」

風乃がアイスを差し出したので、僕はおそるおそる受け取った。

「これ商品じゃないの？」

「そう！　本当、志嘉良島は優しい人たちばかりさー」

お願いしたら何でもくれるなんて、甘やかし過ぎじゃないか。

「もしかして親が村長とか？」

「ん？　いーや、普通に漁船やってる」

謎は深まるばかりだ。きっと単純にみんなと仲が良いんだろう。

「さて、絵を描く場所、探さないとね。どんなとこが良いか希望はある？」

風乃がアイスをくわえながら尋ねる。僕は少し考えて答えた。

「出来るだけ自然がそのまま残ってるところがいいな。人が滅多に入らないような場所とか」

少しでも絵に個性を乗せるためには、そういう場所がいい。

「それは……」

何でも即答する風乃にしては珍しく、返事に詰まった。

「無い？」

「……ある。あるけど、ただちょっと、海斗が危険だからためらった」

「危険な場所なの？　沼とか？」

「ううん、島民にとって神聖な場所だから、そこに近付いたら……、大地ににいにに殴られる程度で済めばいい方、って感じ」

脳裏にあの強面の顔が浮かぶ。

「じゃあそこはやめよう」

「いや！　連れて行きたい。行こ！」

「でも立ち入り禁止の場所なんでしょ？」

「島の人以外はね。でも私がいるからギリ大丈夫！」

「本当に、無理しなくていいよ」

「でも志嘉良島を紹介するからには、絶対にあそこを見て欲しいから。何があっても行くし！」

そう言って風乃が歩き出したので、仕方なくついていく。

島民にとっての聖域で、よそ者は立ち入り禁止の場所。

そういうオカルトじみたものが好きな人はわくわくするだろうが、僕としては最終的にその場所を絵に描けないと意味がない。さすがにそこまで島民が大事にしている風景を無断で描いてグランプリに出すほど非常識ではないので、見てもしょうがないとは思うのだが、風乃は一度やると決めたら何があっても譲らない子だ。

途中、何人かの島民とすれ違った。その全員がお年寄りだった。風乃は「はいたい！」と元気に挨拶していた。

風乃がよく使っているこの言葉は沖縄方言だ。男性ははいさい、女性ははいたいと言う。おはよう、こんにちは、こんばんはの三つの意味を兼ねる万能の挨拶だという。

島民たちは風乃を見て微笑んだ後、僕を見て驚き、次に嫌そうに眉をひそめるというのが定番だった。そのリアクションを不愉快に思うよりまず困惑してしまったが、そのうち慣れた。大地さんの威圧感に比べたらまだ耐えられる。

「ごめん、海斗。みんな外の人間に抵抗があるからさ。海斗は肌も白いし、いかにも内地の人って感じで、すぐに観光客って分かっちゃうし」

風乃が申し訳なさそうに苦笑する。僕はなるべく明るい声で返事した。

「別に気にしてないよ」

「特に今年は観光客が少なくて目立つし」

「確かに。全然いないね」

八月の沖縄の離島といえば観光客で賑わっているイメージがある。ところがまだ島に来て、それらしき人には一度も出会っていない。行きの高速船も、乗客は僕と秋山さんの二人だけだった。珍しいことがあるものだ。

「ま、でもある意味ラッキーだし！　おかげで私を独占できるさ！」

風乃は後ろ向きに歩きながら、首を傾げて笑った。

「他にも観光客がいたら、僕なんか相手にされないもんね」

「そういうこと！」

明るく肯定し、くるっと前を向く。

確かに、昨夜秋山さんも言っていた通り、僕が自主的に現地の人に声をかけて案内してもらうなんて絶対に無理だ。良い絵を描きたい気持ちより、他人と関わりたくない気持ちの方が先に来る。風乃がいなかったら灼熱の太陽の下、やみくもに歩き回ることになっていただろう。

「ところで、これから行く神聖な場所って具体的にどういう所なの？」

僕は大股で歩いて、風乃の隣に並んだ。彼女は至って真面目な表情で答える。

「御嶽っていう、神さまが降りてくる場所さ。沖縄本島や他の離島にも集落ごとにいくつかあって、おんとか、わーって読む地域もあるけど、志嘉良島ではうたきと読む」

「沖縄の神社みたいなもの？」

「近いけど、建物じゃないさ。場所によっては石でできた祠や祭壇があったりする。志嘉良島の御嶽は塔みたいな高い大岩で、その辺りはほとんど手つかずの自然が残ってるから、楽しみにしてて！」

「でも立ち入り禁止で、バレたら殴られるんだよね？」

風乃は返事せず、にっこりと微笑んだ。無邪気な笑顔の中に何ともいえない迫力がある。

「やめよう」

僕が立ち止まるのと、風乃に手首を摑まれるのはほぼ同時だった。いつでも自分がしたいことを全部すると宣言している風乃。その意志の強さは、死ぬ覚悟でウミヘビを手摑みしたことで証明されている。

観念し、むりやり引かれるままについて行った。

十分ほど歩いたところで、踏み固められた土の道が途絶え、目の前は木が生い茂る森になった。

「ここから先は、私とはぐれないように気をつけて。もし一人でいるところを見られたら大変だから」

風乃は真面目な顔でそう言って、きょろきょろと辺りを見渡した。

そこは、ガジュマルの森だった。細い木同士がいくつも絡み合うような独特な幹が密集している。それらが塊となって、何人もの巨人が腕を広げているようだ。不自然なほど静かで、なぜかこの森からは蝉の声がしない。上で葉っぱが重なり合い、陽射しを塞いでいるせいで、気温が低くて空気がしっとりしている。

腰の辺りまで雑草が隙間なく生え、本当にこんなところに入るのかとためらっていると、風乃が迷いなく踏み入った。僕もおそるおそるついて行く。

森の中を歩き慣れていないのですぐに差が開くが、風乃は律儀に立ち止まって待ってくれた。必死に追いつくと、よくできましたと言わんばかりに微笑んでくれるので、なんだか母親に褒められているようなこそばゆさを感じた。

「本当に普段は人が来ないんだね。人が通った痕跡が全然無い」

息切れしながら言うと、風乃はいつもより声量を落として答える。

「私はたまーに来るけど、基本的に誰も来ないさ」

「そうなんだ」

「何十年かに一度、島民全員が御嶽に集まるときがあるらしいんだけど」

「何それ」

「私もよく知らない」

風乃は振り返らずに返事した。さすがに神聖な場所だけあって、口数が少ない。

それにしても、僕からしたらずっと同じ景色が続いているのだが、風乃は迷うことなく進めているのが不思議だ。

「どうやって方向を判断してるの？」

僕が尋ねると、風乃は立ち止まって人差し指を口元に立てた。

「……波の音。聞こえない？」

両耳に手を当てる。何も聞こえない。首を横に振ると、「まだまだだね」と笑われた。インドアな都会育ちには難し過ぎる。

そうして二十分ほど歩いたあたりで、緑と茶色ばかりだった前方の景色に青色が差し始める。

ほどなくして森が終わり、目の前は快晴の空が広がった。乾いた風が吹きつける。植物の匂いから、海の匂いに変わった。遠くの方で海鳥が列をなして滑空している。

地面はゴツゴツした岩で、五メートルほど先は崖になっている。波がぶつかる音がするので、崖の下は海だろう。結構高さがありそうだ。

「海斗、スマホ持ってる？」

「うん」

風乃が尋ねながら手を差し出したので、僕はポケットからスマートフォンを取り出して手渡した。

何に使うんだろう。疑問に思っていると、風乃はそれを地面に置いた。

「どうしたの？」

風乃は答えない。無言でにやりと笑い、僕の左腕を掴む。

「行こっ！」

「へ？　どこに」

そう言って急に走り出した。

僕は前のめりにバランスを崩して、もつれそうになる足を必死に回転させる。

「え、いや、風乃⁉　危っ……はっ⁉」

そして何を血迷ったのか、そのまま岩場を駆け抜け、崖を飛んだ。

「うわあああ！」

「きゃ――――！」

僕は驚愕の悲鳴を、風乃は楽しげな絶叫をあげる。

数秒の落下の時間を経て、体を海面に打ち付ける強めの衝撃があり、聴覚が途切れた。汗だくで火照っていた全身を海水が包み込んだ。

そのままずんずんと沈んでいく。下に向かうにつれて水温が低くなり、ひんやりしている。

僕はとっさに、右手を握って、開いてを繰り返した。正常に手が動くか、怪我がないかを確認した。崖から海に飛び込むなんて危険なことをして、もし右腕を骨折でもしたら絵が描けなくなってしまう。そんなことになったら大変だ。

右腕に異常がなかったので安心し、次に海に飛び込むからスマホを置いたのか、と納得した。

着替えが無いけどどうしよう。

びしょ濡れのまま帰ってきたらトミさんに何て言われるだろうか。

それにしても、結構深いぞ。

大丈夫なのか？　ちゃんと陸に帰れるのか？

目をつぶりながら、頭の中をいろんな思考が駆け巡る。際限なく体が沈んでいく。

もしかしてこのまま溺れるんじゃないか。

徐々に不安で、心細くなってくる。

そんな中で、左腕を摑んでいる風乃の手のひらの温かさだけが頼りだった。

やがて下降が止まり、ゆるやかに上昇し始める。

水中でゆっくりと目を開けた。

ふと横を見ると、風乃が真顔でじっと僕を見ていた。

目をつぶっている間、ずっと顔を見られていたのか？

それにしては、不安に震える僕を面白がっているという感じではない。

初めて見る、真剣な表情だ。

風乃の髪は逆立っている。体の表面には光の反射でできる網目模様が映っていて、ゆらゆらと揺れている。

ほんのり緑がかった青色を、マーメイドブルーと呼ぶ。

志嘉良島の海はまさしくマーメイドブルーで、そこに漂う彼女は疑いようもなく、人魚だった。

僕らはうつ伏せの姿勢のまま、背中からゆっくりと海面に向かって浮上していく。

時間の流れが遅い。

風乃と僕の体の間を、黄色と黒の縞模様の小さな熱帯魚がすり抜けていった。

なんか、すごく良い風景だな。

だいぶ思考に余裕が出てきた。海面に近づくにつれて、海の中が明るくなってきたからだ。もし息が続くなら、ずっとこのままでいたいくらいだ。

そんな中、風乃の右手が僕の肩を摑んだ。

そのまま海水の抵抗を受けながら、ゆっくりと体を引き寄せられる。人魚の顔が近付いてくる。

近い。

と思った瞬間、風乃と僕の唇が重なった。

「…………!?」

驚いて、予想外過ぎて、理解が追いつかなくて、体内の全ての酸素を吐き出してしまった。唇の隙間から大量の気泡が噴き出た。それらはそのまま上に昇っていく。

人生ではじめてのキス。

水中なので感触は曖昧だ。でも、確かにお互いの口と口が重なっている。

もうかなり海面に近付いていて、まもなく顔を出せる。息が吸える。海水を透過する太陽光がキラキラと輝いていていて眩しい。

もう何も考えられない。混乱しているのに加えて酸欠のせいだ。
頭は真っ白で、考えが整理できない。
そんな中、僕はきっとこの風景を一生忘れないだろうな、と思った。

二　カージナルレッドも夢想する

突然のキスに動揺しながらも、風乃の後を追い、岩礁に沿って泳いで行く。波が追い風のように全身を押し、ほとんど流されているだけのような状態で進んだ。飛び降りた崖から二十メートルほど離れた場所に、岩場の海岸があった。表面が隆起した岩に指と足を引っ掛けながら陸に上がろうとしたが、濡れた服が重たくて苦労した。

岩で構成された離れ島には、高さ十メートル以上はありそうな円柱形の大岩が聳(そび)え立(た)っていた。風乃が言っていた御嶽(うたき)だ。

大岩に沿うように石段がある。これを登って頂上まで行けるらしい。滑らないように気をつけながら、建物で言えば五階建てくらいの高さまでの石段を登ると、大岩の頂上に出た。

そこは、視界のほとんどが空と海だった。遠くに先程飛び降りた崖と、ガジュマルの森が見える。

この小さな離れ島は、志嘉良島と隣同士にある。頂上は直径十メートルほどで、平らだった。至るところに凹凸があるものの、人が手を加えずに、風雨にさらされているだけで岩がこんな形になるはずがない。その不自然さに圧倒される。雑草ひとつ無く味気ない塔の頂上を、志嘉良島とは反対側に、海に向かって歩く。

岩に、風乃の草履と僕の靴の濡れた足跡が刻まれる。

海に囲まれていることに加えて遮るものが何もないので、強い風が吹き荒れている。びしょびしょだった服がバタバタとなびいていて、ここに十数分いれば乾いてしまいそうだ。

巨大な円形舞台の端まで来たところで、風乃が両腕を広げて言った。

「ここが志嘉良島の御嶽さ。どう？」

雲一つない空と広大な海を背景にした彼女は、世界の中心にいるみたいだった。

「すごいね。確かに、神様が降りてくる場所って感じがする」

僕がそう答えると風乃は満足げに微笑み、海の方を向いて、崖際に腰を下ろした。

崖下に足を垂らした状態になる。

「昔は、この離れ島自体がもっと広かったさ。でも今はほとんどが海に浸かって、この岩の塔が何とか残ってる。ここ数年で水位が上がっちゃったからさ」

本当はもっと広い島で、その端にこの塔のような大岩があったということか。

風乃の横に座ろうと思った。しかし先程飛び込んだ崖よりさらに高い。下は海とはいえ、高所に対する本能的な恐怖感が体を強張(こわば)らせる。彼女のように崖ギリギリに腰掛けるのは怖いので、僕は少しだけ内側であぐらをかいた。

「島の人も不安になってる。島中の砂浜の形がだいぶ変わっちゃったって」

地球温暖化で海面が上昇しているというのはよく聞く話だ。そしてニュースでしか知らない僕より、生活圏に海がある風乃の方がよっぽど実感しているだろう。

「私が小さい頃は、ここまで陸地を歩いて来れたのに、今じゃ船で回り込まないと来れないし」

「普通は船で行くんだね」

「うん。でも飛び込んだ方が早いし、気持ち良いからさ。驚かせてごめんね」

風乃は眉尻を下げ、困ったような笑顔をした。下から吹き上げる風で前髪が揺れている。そんな顔をされると、文句を言えないじゃないか。

「別にいいよ」

僕は仕方なく、澄ました顔で返事する。それに正直なところ、その話の前にまずは先程のキスの理由を教えて欲しかった。化粧っ気の無い風乃の肌は、殻を剝いたゆで卵みたいにきれいで、唇には妙な色気がある。はっきり言って同級生の誰よりもかわいい。思春期の男子高校生が、こんな子にキスされて意識しないわけがない。

盗み見るように横目で風乃の顔を見る。真顔で、水平線を見つめている。何を考えているのかは全く分からない。彼女の真意を探るには、僕には圧倒的に女性経験が足りなかった。他人と触れ合わずに絵しか描いてこなかった弊害だ。

急に、風乃の表情が笑顔に変わる。

「ま、考えても仕方ない！なんくるないさー」

「なんくるないさー？」

「何とかなるって意味！うちなーの合言葉だよ」

「ポジティブだなあ」

「悩んでも何も変わらないし！　今を精一杯楽しまないと時間がもったいないし！」

なんくるないさー。まさに風乃らしい考え方だ。考えても仕方ない。

「悩みとかなさそうだね」

「あ、バカにしてるなー！」

素直に感心を込めて言ったのに。彼女は怒ったように僕の肩を小突いた。その後、落ち着いたトーンで続ける。

「志嘉良島は何度もピンチを乗り越えて来たんだし。だからこの水位上昇だって、本当に大丈夫だって思ってるし」

「ピンチって？」

「大津波に大型台風、干ばつ、マラリア大発生……志嘉良島はこれまで歴史上いくつもの災害に襲われてきたさ。でも、いつも島民全員で力を合わせて食い止めて、立て直してきたんだって。だからきっと大丈夫」

「へえ、ちゃんと歴史があるんだね」

「あはは、全部おばあから聞いた話なんだけど！」

風乃ははにかみながら後頭部をさすった。

しばらくして、僕らは石段を降りてまた海を泳いだ。

行きは楽に進んだが、帰りは思ったように進まない。風乃が言うには、離れ島に向かって波の流れがあるという。

飛び込んだ崖から数メートルほど離れた辺りに、岩が段々になっている場所があったので、そこを伝いながら上に登った。ずぶ濡れで岩をよじ登るなんてアクティブなことをしたのは生まれて初めてだった。志嘉良島に来なければ一生体験しなかっただろう。

海面から崖まで高さは六、七メートルくらいで、御嶽の塔よりは低いものの、もし飛び込むことを事前に告げられていたら間違いなく拒否していた。

僕はガジュマルの森の前に置いてあったスマートフォンを拾い、ポケットに入れようとした。しかし服が濡れているのでためらい、風乃に尋ねる。

「着替えとかどうするの？」

「無いよ。このまま帰るし」

風乃はTシャツの裾を絞りながら、当たり前という感じで答えた。

「え、風邪ひくよ」

「こんな暑いのに、風邪？　すぐに乾くし！　うちなーは濡れたままでも平気だし！」

「平気なわけないじゃん」

「早く行くさー！」

そう言って風乃は森に入って行く。僕はスマートフォンを握ったまま、慌てて追いかけた。風乃とはぐれたら、このガジュマルの森を迷わずに抜けることができない。

風乃は行きと同じようにまっすぐ進んで行く。そんな彼女の背中を見ながら、先程の出来事は僕の記憶違いなのではないかと思い始めていた。

――確かに海の中でキスされたはず。

でも、風乃はそれに全く触れないし態度の変化もない。

もしかしたら僕が溺れていると思って人工呼吸してくれただけなのかもしれない。普通は陸でやるものだろうけど、緊急として海中でしたとか。とはいえ、僕はそれほど暴れてもいなかったし普通に目を開けていたけど。

あるいは、わざわざ話題にするほどでもないってことか？　沖縄といえば数十年前までは外国だったわけだし、キスなんて挨拶みたいなものなのか。文化的違いなのか。

ぐるぐると頭を回す僕を、風乃がこまめに振り向く。ちゃんとついて来ているかを確認してくれている。風乃と目が合うたびにびくっとする。嬉しいのか恥ずかしいのか、不安なのか気まずいのか、よく分からない感情が胸の中でごちゃ混ぜになる。森の中を歩いた時間は行きも帰りも同じだが、二倍以上の疲労感があった。

「絵になりそう？」

森を抜けた後、風乃に聞かれた。行きはついて行くので必死だったし、帰りは考えごとをしていたせいで当初の目的を忘れていた。僕は首を横に振る。

「まだ何とも言えないよ。もっと他の所も見ないと」

「そっか！　じゃあ明日は別の場所を案内するさー！」

そう言う彼女の表情は心なしか嬉しそうだ。僕は明日もまた風乃に会える、と思って、その後にそんなことを思う自分に驚いた。

風乃と別れて南風荘に着くと、トミさんは無表情で迎えてくれた。濡れていることに関しては何も聞かれず、風呂に行ってきな、とタオルを渡された。

その後は日課のデッサンをして夕飯をとり、九時頃に布団に入った。

沖縄に来てからの二日間、とても健康的な生活をしている。テレビはチャンネルが少なくて観るものがないし、夜更かしする体力もない。ご飯が美味しすぎてお腹いっぱいに食べてしまい、すぐ眠くなるというのも理由だ。

横になりながらネットで調べたところ、沖縄の人はほとんど傘を差さないらしい。多少の雨なら濡れても気にしないし、強いスコールは止むまでのんびり待つという。

うちなーは濡れても平気、という風乃の発言は事実だった。なんじゃそりゃと思いながら、充電コードが繋がっているスマホを投げ捨てて目をつぶる。それから数分ほどは瞼の裏に海を漂う風乃の姿があったが、そのうち意識と共に消えていった。

翌朝、居間で朝食をとっていると、南風荘(ぱいかじ)のチャイムが鳴った。

「海斗はこの部屋にいな」

トミさんがそう言ったので、僕は気にせずご飯を食べ続ける。しかしどうも揉(も)めているような声が聞こえてきたので、気になってこっそり戸棚の陰から覗いた。

玄関先で何人ものお年寄りが、険しい表情でトミさんに詰め寄っていた。

「話が違うさ！」

「どういうつもりか？　神司(カミツカサ)に逆らうのか」

「ちゃんとウークイまでには帰るわけ？」

「みんなで決めたことじゃないか、トミさん」

顔を真っ赤にして唾を飛ばす人や、困ったような顔をしている人など様々だ。謎の単語もあってよく分からないが、とにかくトミさんを責めるような口調だった。

「私がどうしようと勝手だろう」

トミさんは無感情な声で答えた。それに対し、お年寄りたちは声を荒らげる。

「勝手なわけがあるか！」

「そうさ、ここは志嘉良島だからさ」

「みんなで力を合わせんと」

断片しか聞こえないので要領を得ないが、中には手を出しかねないほど昂った人もいる。仲裁に入った方がいいだろうか。でもトミさんには来るなと言われているし。

葛藤していると、お年寄りたちの野次が止まった。集団が奥から半分に割れて行く。

「はいたい！　みんな朝から元気だね！　良いことさー！」

風乃が半身で体をねじ込むようにして入ってきた。

「トミおばあ！　海斗いる？」

「奥で朝食を食べてるさ」

その返事にぱっと顔が明るくなる。

「私の分もある？」

「……はあ、仕方がないね。昨日のあまりものだけど、もずくの天ぷらがあるよ」

「やったー！」

風乃は草履を蹴り飛ばすように脱ぎ、玄関にあがった。そんな彼女をお年寄りたちが呼び止める。

「おい風乃！」

「一ヶ月前のこと忘れてないだろうね」

「それに神司も、青年会も、もう動き始めて……」

風乃は立ち止まり、お年寄りたちを振り向いた。僕の場所からは彼女の後ろ姿しか見えないが、風乃の顔を見て、あれほどいきり立っていたお年寄りたちは気圧されたように息を呑んでいる。

「風乃、分かってるか？　今さらやめられんど。もしまた被害が出たら……」

「分かってる。私が一番分かってるさ」

最も声を荒らげていたお爺さんを遮るように答えた風乃の声は、震えていた。お年寄りの誰もが押し黙り、風乃の顔から目を逸らす。一体どんな顔をしているのだろうか。

「みんなには迷惑はかけない。私が自分で考えて、自分で決めたことだからさ。だから今だけ、ほんの少しだけ、許して欲しい」

ダメ押しのようにそう言った。しばらくの沈黙の後、彼らは渋々という感じで帰って行った。

風乃は扉を閉めると、大きく息を吐いた。両肩が下がる。トミさんに見上げられていることに気付き、無言で微笑みを向けた。二人がこちらに歩いて来たので、僕は慌て座布団の上に戻り、ご飯を食べていた振りをした。

「海斗ー！　はいたい！」

「うん、おはよう」

何気ない顔で箸を口に運び、挨拶を返す。トミさんが皿を見てため息をついた。ご飯を食べていろと言われたのに、全く減ってないことに気付かれたかもしれない。

その後、トミさんが台所から風乃の分もよそってきたので二人で食べた。風乃は僕と同じ量、まるまる一食分を食べていた。朝ご飯を食べて来なかったのかと尋ねると、しっかり食べて来たという。トミさんの料理は美味しいので別腹らしい。

さっきのお年寄りたちとのやりとりについては何も触れなかった。気にはなるが、地元の人たちのごたごたに巻き込まれたくはないので、僕からも聞かなかった。


「今日は私の母校を見せてあげる！」

と風乃が言い出した。僕らは志嘉良島に一つしか無い小中併設校、『志嘉良小中学校』に向かって歩き出した。

「生徒数、かなり少ないいんじゃない？」

僕が尋ねると、風乃は両手を広げてこちらに向けた。

「全校生徒は十人。小学生が五人、中学生が五人。先生の方が多いさ」

広い教室に、五人だけ座っている様子を想像する。運動会とかどうするんだろう。卒業式なんかもすぐ終わってしまうし。

「島にあるのは中学までで、高校は無いよね。風乃はどうしてるの？」

「志嘉良中を卒業した人は大体半分は働いて、半分は進学するさ。進学組はほとんど石垣の高校に行くかな」

「え、石垣島に船で通うの？　片道一時間かかるよね」

「まさか！　毎日往復六千円は無理だし」

「それもそうか」

「石垣の高校はどこも寮があるさ。八重山諸島の色んな離島生が集まるから」

寮生活。風乃ならきっと友達だらけで、さぞ満喫していることだろう。僕としては四六時中、学校の友人といるなんて面倒だと思ってしまうが。

「楽しい？」

「でーじ楽しいさ！　二人部屋なんだけど、志嘉良島の幼馴染の女の子と一緒で」

「幼馴染？」

「京ちゃんっていう子。島で一番かわいくて、歌が世界一上手い！」

「世界一は言い過ぎじゃない？」

「聴いたら分かるし！　そこらへんの歌手より遥かに上手いから！　……まあ、最近は歌ってくれないんだけど」

風乃は後頭部を掻きながら、あははと笑う。

「夏休みだから私は帰ってきたんだけど、京ちゃんは石垣で住み込みのバイトしてる。あー、早く会いたいなー！」

そう言っている間に、志嘉良小中学校に到着した。車がすれ違えるくらいの広さの校門は開きっぱなしで、普通に入ることができた。木造の一階建ての校舎は、良く言えば昔ながらの学び舎という感じで情緒がある。悪く言えばボロボロで今にも倒壊しそうだった。

意外にもグラウンドには雑草が少なく、こまめに整備されているらしい。辺りを見回していると、グラウンドの隅にありえないものを見つけて、僕は機敏に二度見する。

ヤギだ。大きな木の日陰で佇んでいる。

「シロ！」

風乃がヤギに向かって一目散に駆けていき、がばっと抱きついた。ヤギは唸るような低い声をあげてよろけた。

僕もおそるおそる近づく。腰の高さくらいの大きさで、乳白色の体毛。顎ヒゲが垂れていて、つぶらな瞳はどこを見ているのか分からない。大人しくて、風乃が横腹をすりすりとさすっているが、なされるがままだ。

「それ、ヤギだよね？」

「うん、シロだよ！　よろしくね！」

シロは僕を一瞥し、すぐに興味無さそうに顔を背けた。

「なんでヤギがこんなところに？」

「学校で飼ってるからさー。雑草を食べてくれて偉いんだよ！」

だから雑草が少ないのか。とはいえ、いくら有用だとしても学校での飼育動物がうさぎや鶏じゃなくてヤギ。価値観が違う。

「ヤギを飼うなんてすごいね。大変なんじゃない？」

「そう？　代々ずっとヤギだったから分かんない。海斗も触りなよ！」

「いやいいよ」

すると風乃は唇を尖らせた。

「はー？　こんなにかわいいのに！」

動物園の檻の中にいれば無邪気に珍しがれたかもしれないが、僕としてはこの大きさの獣が間近にいると恐怖心の方が先に来る。

ところが風乃の目にはかわいいものとして映っているらしい。以前はウミヘビに対してもかわいいと言っていた。まるで女の子が犬や猫と戯れるのと同じように。

きっと風乃にとって危険性や見た目は関係なく、動物であればかわいいのだ。生き物を慈しむ心は立派だが、その嗜好はマイノリティであると自覚してほしい。

「シロは今まで飼ったヤギの中でも一番かわいい。ああ、こんなにかわいいならでーじおいしいに違いないさー」

納得しかけていたところで、舌なめずりをしながらそう言ったので認識が変わる。

「食べるの？　そんなにかわいがってるのに」

「当たり前だし！」

「ペットじゃないの？」

「ヤギは食べ物！」

「ヤギは食べ物……」

シロは無抵抗のままお腹をタプタプされている。

「そろそろ潰してヤギ汁にする時期だけど、ちょうどこの前妊娠しちゃって。海斗にも食べさせてあげたかったけど」

「いや、大丈夫。気持ちだけもらっておくよ」

ヤギを潰すなんて言葉が女子高生の口から出るとは。

「育てている小学生たち、食べるときに泣いちゃうんじゃないの？」

「何で？」

「その、愛着が湧いてさ」

「みんなおいしいねって笑顔で食べるさ」

「そ、そうなんだ」

文化の違いだ。僕がため息をつくと同時に、シロが鳴いた。アアアアッ！　と息を小刻みに吐くような発声だった。突然の大音量に腰を抜かしそうになる。

「ほら！　シロも海斗に食べられたかったたって！」

「それは人間側の都合の良い解釈だよ」

「あはは！　深いね！」

風乃は何も考えてなさそうに、大口を開けて笑った。

「でもどっちみち死ぬんだから、おいしく食べてもらいたいと思ってるさ！」

「そうかな」

「そうさ！　私も自分が死ぬなら、誰かの役に立った方が嬉しいなー！」

そう言って、風乃は僕の腕を掴んだ。そのまま引っ張って、シロの横腹に無理やり当てられた。

「……っ！」

僕とシロはお互いびくっと震える。シロの鼻息が少し荒くなったような気がした。

「ほら喜んでるさ！」

「こ、これ喜んでるの？」

むしろ不機嫌そうだけど。

シロは生温かくてふさふさだった。風乃が抱きつきたくなる気持ちも分からないではない。でも、生きているという感じがひしひしと伝わってきて、これを笑顔で食べるというのはおそらく一生理解できないなと思った。


その後、島の小学生たちに出会った。体育館でバスケットボールをしているところだった。一年生から六年生までの五人が揃（そろ）っており、彼らは隣の島である波照間小との練習試合に向けて猛特訓をしている最中だという。

「皆の衆！　ちばってるかー！」

風乃が偉そうに胸を張りながら体育館に入って行く。汗だくで険しい顔をしていた子供たちはぱっと笑顔になり、風乃に駆け寄って来た。

「風乃ねえねえだ！」

「ねえねえ、一緒にバスケ……」

そこで僕に気付き、驚いたような顔に変わった。

「……風乃ねえねえのイキガーか？　大地にいにいは捨てたか？」

一番体が大きい六年生の男の子が、僕をじろじろ見ながら言った。低学年の女の子たちもひそひそと話している。イキガーって何だろう。風乃はにこやかに否定した。

「違うさー！　っていうか大地にいにいとも付き合ってないから！」

文脈から察するに、方言で彼氏という意味だろうか。

「風乃ねえねえと大地にいにい、昔はよく一緒にいたから結婚すると思ってたさ」

そう言う男の子に、その一つか二つ下くらいの女の子たちが反論する。

「でも大地にいにいは青年会のリーダーになってなんか変わったからなー」

「だからよ。最近もお盆が近づいてるから、ピリピリして近寄れんし」

「怖い男はダメさ。このにいにいは優しそうだからこっちの方がいいよ」

「男は怖いくらいがカッコ良いど！」

「はー、田舎者は考え方が古いやっさ！　今は優しい男がモテるし」

彼らの会話を聞き流しながら、僕は昨日風乃にキスされたことを思い出していた。微笑みながら頷く風乃の一切照れの無い表情を見るに、気にしているのは僕だけのようだ。

「にいにいは観光客か？」

男の子が尋ねてきたので、僕は頷く。

「うん、そうだよ」

すると低学年の女の子が呟いた。

「観光客、今年初めて見たさー」

「初めて？」

確かに島に来て三日、まだ観光客に出会っていない。ここに住んでいるこの子たちですらまだ見てないらしい。

「まあ、もともと少ないけどよ。大体の観光客は石垣か宮古(みやこ)に行くからよー」

「志嘉良島は何も無いからさ」

「あー、都会か、せめて石垣に生まれたかったさー」

小学生たちがため息をつく。風乃は無表情でその会話に耳を傾けていた。その顔がなんだか悲しそうに見え、胸が痛む。僕は思わずフォローしてしまった。

「そうかな。僕は志嘉良島で生まれたかったと思うよ」

案の定、小学生たちからブーイングが巻き起こる。

「はー？　何でよ？」

「ジャンプも木曜日発売やし！」

「ドラマもやってないし！」

勢いよく不満をまくしたてる彼らに苦笑しながら、正直な気持ちを伝えた。

「僕にとっては、海も星空も赤瓦の家もここにしかない景色だから、全部にすごく感動してるよ。都会にあるものなんて大体どこにでもあるものだけど、志嘉良島には志嘉良島にしか無いものばかりだよ」

僕は風景画を描くためにこの島に来た。だからこそより感じるのかもしれない。都会の街並みや公園は似たり寄ったりの景色しかない。誰もが想像つくような風景だ。

でも志嘉良島は全く違う。ここに来なければ流れ星は見られなかった。崖からは強い風が吹き上げていて、岩には苔(こけ)が生えている。ヤギは温かくてちゃんと生きている。人工的な電飾やコンクリートの灰色の中にはない、温かな自然の色彩がある。

知識として知っているのと、実際に五感で感じとって経験したものは違う。ありふれた気付きだけど、僕はこの島に来なければ一生気付けなかったと思う。

そんな想いを込めて語ったのだが、子供たちはまるで納得していない様子だ。

「はあ、観光客はいつも自然の話しかしないさ。それしか褒めるところがないから」

「そんなのいらないから、オシャレしてスタバに行きたいし！」

この子たちにとっては、自然よりもスタバの方が価値があるらしい。かくいう僕も、結局自分の地元よりよその土地の方が良いと言っているだけで、彼らと主張は一緒だ。どちらも無いものねだりでしかない。

上手く説得できなくて落ち込んでいると、風乃が突然正面から抱きついてきた。

「海斗ー！　志嘉良島を好きになってくれて嬉しい！」

「うわっ！」

首の後ろに腕が回ってくる。僕の頰に風乃の頰が当たる。髪からふっと良い匂いがした。体が密着して混乱した僕は、両腕をぴんと下に伸ばしたまま、がちがちに硬直してしまう。そんな僕に子供たちが冷ややかな目を向けた。

「にいにい顔が赤いさ。熱中症か？」

「違う違う、これは照れてるさ。風乃ねえねえかわいいから」

今すぐ顔を隠したいが、体が動くのを拒否している。そういえば、風乃は案内する理由を「大好きな志嘉良島を海斗にも好きになって欲しいから」と言っていた。

彼女は僕や子供たちとは違い、自分の生まれ育った場所が心から好きなのだ。きっと今までこの島で生きてきて、本当に楽しかったからそう思えるのだろう。自分がしたいことを絶対にするという生き方や、誰とでも距離を詰められて、こうしてみんなに好かれる性格なら、そりゃどこにいても楽しめるに決まっている。

そして僕も、そんな風乃に影響され始めている。相手が子供とはいえ自分の気持ちを素直に語って説得しようとした。今までの僕ならあり得ないことだ。

理解されないなら話す必要はない。理解して欲しくもない。一人で絵を描ければそれだけで良かった。そう思っていたはずなのに。

その後、日が暮れるまでバスケをした。後半は小学生チーム五人対、僕と風乃の二人で試合もした。

風乃は見た目通り運動神経が良く、裸足にもかかわらず華麗なクロスオーバーやスリーポイントシュートを決め、子供たちを翻弄した。僕は露骨に足を引っ張った。ずぶの素人で根っからの文化系なので仕方なかった。

風乃は、最後の最後まで競った末、一ゴール差で小学生チームに勝たせてあげるというゲームメイクをしていた。見事な気遣いだ。さらに、足手まといの僕を決して邪険にしなかった。僕は下手なりにのびのびとプレーできて、生まれて初めてシュートを決め、風乃とハイタッチした。その日の夜、デッサン中に足が攣って悲鳴をあげたのも良い経験となった。


次の日、風乃が夜八時にやって来た。

「海斗、幽霊とか平気？」

「苦手だけど」

「じゃあ行こ！」

どう考えても嫌な予感しかしない。しかし風乃が止まらないことは知っている。

仕方なく、ほとんどの家が寝静まり、真夜中のように暗くて静かな島を歩いた。

志嘉良小中学校に到着すると、夜にもかかわらず、校門は当然のように開いていた。この島には門を閉めるという概念は無いらしい。昼間でさえ不気味だと思ったボロボロの木造校舎。案の定、暗闇に佇むそれはおどろおどろしい雰囲気を放っている。

「肝だめしでーすっ！」

風乃が背中を丸め、両手の甲を僕に向けた。お化けの真似だろうが、笑顔が眩しすぎて全然怖くない。

「もう風景画の場所探しが関係なくなってるんだけど」

「あはは、夜の学校って雰囲気あって個性的な風景じゃあない？」

きっと風乃は遊びたいだけだ。でも、僕は校舎を見て確かにと思った。

感情を込めろという秋山さんの指示に則るなら、心から怖いと思いながら描けば、絵から恐怖という感情が滲み出るかもしれない。試してみる価値はある。

「……分かった、行くよ」

僕は怖い話や映画などが本当に苦手だ。なるべくそういうものを避けて生きている。今も、遠くから校舎を眺めているだけで足が震えそうだ。でも行くしかない。これはグランプリの作品を制作するにあたって意味のあることだ。

風乃は言い出しっぺのくせに意外そうに尋ねた。

「見るからに無理してるけど、本当に行く？」

「うん。だって外側だけ知るのと実際に体験するのじゃ違うからね。もしここを描くことになったら、本気で怖いと感じた方がきっと良い絵が描けると思う」

「……へえ」

風乃は相槌を打ち、ルール説明をした。校舎の一番奥にある美術室に行き、二人でスマホで撮影するというものらしい。

「さ、行こう」

風乃が手を差し出す。

「え？」

「早く」

僕は促されるままにその手を掴んだ。風乃はうん、と頷く。手を繋いでいるのに特に照れなかった。風乃の態度が当たり前という感じだったたからだ。

僕らはグラウンドから校舎に向かって歩き出した。昼間、あれほど騒々しかった蟬の声は止んでいる。代わりにカエルの鳴き声があちこちから聞こえた。

シロは木の下で寝ていた。寝息に合わせてお腹の辺りが上下していて、妊娠中の雌のくせに、中年のおっさんのような迫力あるいびきをかいている。

校舎のガラス扉は鍵が開いていた。中では消火栓の鈍い赤色がぼんやりと浮かんでいる。

普通は無人でもセキュリティが作動していて、侵入したら警備員に気付かれるものだが、そういったものは無いようだ。

ガラス扉を開けると、錆びた蝶番の耳障りな高音が響いた。星空が明るいため、中は影になっている。本格的なホラー映画のセットみたいで、僕は足が竦んだ。

「真っ暗なまま進むの？」

なるべく声が震えないように気をつけながら言った。

「私はそのつもりだったけど、海斗は明かりがほしい？」

「はい。お願いします」

「足もと危ないしね」

風乃が許可してくれたので、スマホの懐中電灯で正面を照らす。意外と中の造りはしっかりしていて、床はコンクリートだった。靴底がぶつかる冷たい音が反響する。数メートル先まで見渡せるようになったが、その分影の面積が広がり不気味さが増した。

「風乃は全然怖くないの？」

彼女の手からは、恐怖が全く伝わって来ない。

「うん」

「女の子なのに強いね」

「だって、私たちの周りにはいないから」

「えっ」

その言葉に鳥肌が立つ。風乃は立ち止まり、僕をじっと見た。いや、僕を見ているようで、焦点は合っていない。ぼんやりと周りを見ている感じだ。まるで、僕には見えない何かを見ているような。そのたった一言と目線だけで、空気が一変した。

「その……つまり風乃は見える人、ってこと？」

「だったらどうする？」

校舎前での幽霊の真似は全く怖くなかった。でも今の風乃はあの百倍は怖い。まるで違う人みたいだ。汗ばんだ背中を、冷たい雫がゆっくりと流れ落ちるのを感じた。大した演技力だ。そうこれは演技に違いない。風乃は僕を怖がらせるために演技をしているのだ。これは演技だぞ。そう自分に言い聞かせる。

「またまた、冗談はやめてよ」

僕はほんの少しでも空気を軽くしようと、声のトーンを上げて笑った。

「………」

「いや、何か言ってよ！」

風乃は返事せずに歩き出す。何かに取り憑かれたみたいで怖い。手を繋いでいるのに安心感が全くない。全身を寒気が襲い、特に首の後ろ辺りは鳥肌がすごい。

誰もいない長い廊下を、スマートフォンの明かりを頼りに歩いていく。右側には窓、左側には教室がある。教室の入り口の横には荷物棚がある。

私たちの周りにはいない、と言った。つまり離れたところにはいるのか？　教室の中？　グラウンド？　この先には？

「……私、父方のおばあがユタだったさ」

廊下を歩きながら風乃が呟いた。外のカエルの鳴き声にかき消されそうなくらいの、小さな声だ。足下を照らすライトがゆらゆらと揺れる。

「ユタ？」

「沖縄の巫女のこと」

「へ、へえ。親は漁師って言ってなかった？」

「うん。お父さんは男だからさ。ユタは基本女の人しかなれないから」

「そうなんだ」

「うん」

「……ってことは風乃も？」

おそるおそる尋ねる。いかにも怖い話に発展しそうな流れで嫌だが、僕は風乃の雰囲気に引き込まれていたし、会話をやめて静かになりたくなかった。

「おばあは私にも力があるって言ってた。でも、まだ幽霊を見たことはないさ」

それを聞いて少しだけ安心する。

「なんだ。じゃあさっきのここにはいないって言うのは冗談なんだ。まだ見えないいんでしょ？」

「ふふふ」

肯定も否定もしない、不敵な笑みだ。いつものあははと大口を開けて笑う明るい風乃に戻って欲しいのに。

「ユタの力がある者は、時が来たらカミダーリィっていう体験をするの。神さまに選ばれた合図で、それを乗り越えたときに本物のユタになるさ」

「かみだーりい？」

「高熱が出て寝込むとか、とにかく遠くに行きたがるとか、人によって違うって言われてる。そのあとに儀式をして、ユタになる」

「それ、こ、怖くない？」

「怖くないさ。この島は、ユタがいないと生活が成り立たないし。そもそもたくさんのユタたちのおかげで今の沖縄があるから」

話がオカルトじみて来た。僕の常識からしたら、神さまとか儀式とか、眉唾であり得ない話だ。

しかしこの島の人はよそ者が御嶽に近づいたら暴力行為もいとわないらしいから、そういうしきたりや言い伝えなんかを本気で信じていてもおかしくはない。

現に風乃の表情も真剣そのものだ。とても冗談半分には見えない。

「風乃はユタになりたいの？」

「私は……」

僕の問いかけに、風乃はまた足を止めた。僕も立ち止まる。ライトで足下を照らしているので、風乃の顔は下からの無機質な光による陰影が差していて、青白く見える。

空気が張り詰める。凍えるような寒さを感じる。僕は息を呑んだ。

「……私は、おばあや志嘉良島のみんなが好きだからさ」

そう言って風乃は首を傾け、あははと笑った。ふっと空気が軽くなった。

風乃の笑い声が暗い廊下に響く。いつもの気の抜けた表情に、僕も肩の力が抜けた。

質問の答えにはなっていなかったが、もうどうでも良かった。

「海斗が本気で怖いと思えるように、演技してみた。怖かった？」

「ああ、そういうこと」

風乃が「気付いてた？」と苦笑する。怖がらせたいなら、手を繋がなければ良かったのに。でもそう言うと離されてしまいそうで、言わなかった。

「じゃあ、おばあから聞いた、怖い話してあげる」

「それ、どれくらい怖い？」

「昨日の小学生たちが実際に漏らしたくらい怖いさ」

「やめとくよ」

「あれは、おばあが十二の頃……」

僕に尋ねた意味はまるで無かったようで、風乃は語り始めた。

その抑揚の効いた語り口は臨場感たっぷりで、頭に映像がくっきりと浮かんでしまうほどだった。風乃の演技力が凄くて、僕は何度も腰を抜かしそうになった。


数分後、美術室にたどり着いた。ずっと神経を張り詰めていた僕は、この時点でへとへとだった。

木造りの机と椅子が並んでいる。前方には上下にスライドするタイプの大きな黒板があり、日付が七月二十日になっている。夏休み前、最後に授業した日だろう。後ろの壁には水彩画が貼られている。風景を描いたものだ。子供らしい絵だった。

窓際には石膏像が三体並んでいる。窓は閉まっているもののカーテンが開いているため、石膏像は背中から星明かりを受けている。逆光のせいで不気味だ。

「早く撮影して帰ろう」

風乃の怖い話メドレーのせいで、僕はすっかり怯えてしまっていた。恥ずかしげもなく彼女の手を力強く握り締めている。

「あはは、仕方ないなー。でもせっかくだから記念に落書きしていこっ。私は海斗を描くね。で、似顔絵の上に高木海斗参上！　って書く！」

「それはやめてくれない？　黒歴史になる」

「じゃあ海斗も私を描いてよ！　未来の画家の絵、見たいなー」

「えっ」

風乃は黒板の前に立ち、摘まんだチョークを僕に差し出す。僕はチョークと風乃の顔を交互に何度も見た。

もし僕がここで絵を描いたら風乃はなんて言うだろうか。一般人よりは上手いので「すごーい！」と、いつも通りのハイテンションで褒めてくれるかもしれない。

今のところ僕は、スポーツ音痴で怖がりでどうしようもない男だと認識されているはずなので、少しは見直してくれるだろう。

――風乃に褒められたい。

そんな思いが頭をよぎった自分自身に驚いてしまう。

中学のときのとある事件をきっかけに、秋山さんと両親以外の他人には頑なに絵を見せないようにしていた。他人の反応が怖かった。

でも同時に、一生絵を描いていたいと思うくらい絵が好きだ。だからこのままではいけないのだ。絵を仕事にするためには、美大に受からないといけない。それにはグランプリでの結果が必要だ。つまり、他人に絵を見せないといけないのだ。

「……そんなに嫌なんだ？」

黙り込んでいたので、風乃は差し出していたチョークを引っ込めた。僕は安心したような残念なような、なんとも言えない気持ちで頷いた。

「はは、ごめん」

「いいさー！　描くところは見られたくないって言ってたしね。芸術家っぽくて良いと思う！　じゃあ私が描いてあげるから、海斗は動かないで！」

風乃はチョークを縦に立てて、僕に向けて腕をまっすぐ伸ばし、片目をつぶって凝視した。デッサンでモデルの比率を正確に測るための見方だ。

「本格的だね」

「何のためにするのかは分からないけど！」

そう答えた通り比率も何もなく、風乃は迷いのない手つきで、黒板に円をひとつ描いた。輪郭にしてはまん丸すぎる。この時点で初心者と一目で分かる。

描き上がった風乃の絵は、控えめに言っても下手だった。目に謎のキラキラがあり、口はだいぶ左側についている。キュビズムの概念を取り入れたと言ってもギリギリ擁護できないレベルだ。それが実際の僕の顔より大きく描かれていて、まるで小学生みたいな絵だった。

「どう？　上手いでしょー！」

達成感に満ちた表情で、指についたチョークの粉をぱんぱんと払う。

「うん、伸び伸びしていて良い絵だね」

本心からの感想だった。線が歪んでも気にせず最後まで力強く引かれている。迷いがない。いつでもしたいことをやり切る、風乃の性格が出ていると思った。しかし風乃は訝し気に目を細める。

「……珍しくばかにしてる？」

「そんなことないよ。風乃にしか描けない良い絵だよ」

「あはは、そうかなー」

「そうだよ」

風乃はにやにやしながら手を差し出した。絵を描く間離していた手を、再び握り直す。

「じゃあ写真撮って帰ろ！」

カメラモードを起動し、撮影した。カメラを通して観ると、暗闇の中でライトに照らされた大きな似顔絵は薄気味悪かった。

その後は廊下を引き返し、校舎の外に出た。外でもう一度写真を見直す。相変わらず不気味だが、どこか印象に残る絵で、何となく好きだった。

しかし、ふと画面の隅に目をひかれる。違和感がある。

「あれ？」

僕が呟くと、風乃が体を寄せて来た。一緒に画面を覗き込む。

「どうしたの？」

「窓、開いてたっけ？」

並んでいる石膏像の背後に窓がある。その窓が開いているかどうかはこの写真からは判別できないが、そこからの風でカーテンがかすかに揺れているらしく、ふんわりと盛り上がっている。

さらに、カーテンの裏側に人型の黒い影が透けているではないか。まるで、あの美術室に僕ら以外の誰かがいたかのように。

「これも風乃の仕込み？」

願望を込めて尋ねると、風乃は痛いくらいに手を握った。顔が青い。

「海斗……」

その顔を見て、鳥肌が足から頭頂部にかけて順番に猛スピードで立っていくのを感じた。僕らはすぐさま写真を消去し、息が切れるほどの早歩きで帰宅した。

それから一週間、風乃といろんな場所を回った。

まず、東の海岸沿いにある志嘉良島灯台。灯台と言う割には低くて、三階建てのアパートくらいの高さしかない。

しかしむき出しの梯子（はしご）を登って上で横になると、視界に星空しかなくて、まるで自分が宇宙空間に放り出されたかのようだった。

三十秒にひとつは流れ星が確認できた。途中から感覚が麻痺（まひ）してきて、また流れ星かと思ってしまうくらい当たり前のものになった。

すぐ側で風乃も横になっていた。目が合ったときにふっと微笑みかけられて、平静を装うのに苦労した。

島で唯一の牧場にも行った。牧場主のおじいさんは僕を見るなり舌打ちしたが、風乃には優しかった。ほとんど動かない牛たちを見ていると、時間の流れが止まっているかのようにのんびりできて癒(い)やされた。

同じ八重山諸島の離島である竹富(たけとみ)島では、水牛車というものがあるらしい。大きな牛が観光客を乗せて島内を観光するツアーで、たいそう評判が良いそうだ。

風乃に「水牛は泳いで海を渡るんだよ」と教えられたときはそんな馬鹿なと思ったが、後にスマホで調べたら本当だった。牛が海を泳ぐなんて、沖縄は何でもありだ。いつか見てみたい。

別の日には、海で素潜りをした。風乃が銛(もり)という一メートルほどの長さの槍(やり)を持ってきた。ゴムの力を利用し、海中で魚を突くことができる漁の道具だ。風乃はそれを使って魚を何匹も仕留めていた。僕もやってみたが全て避けられた。僕の攻撃を意に介さず、すいすいと優雅に波と戯れる魚たち。馬鹿にされているようで腹が立つ。

風乃に魚が隠れている穴を見つけてもらって、逃げ場のないところを狙うという初心者向けの捕り方を試してみたが、それすらできなかった。

風乃が捕ってくれた魚をその場で生きたまま三枚におろして、刺身にして食べさせてくれた。刺身を口に入れる瞬間、まだ黒目がはっきりしている魚と目が合ってしまう。どことなく恨めしそうでためらっていると、風乃が「おいしく食べてあげれば大丈夫さー！」とアドバイスしてくれたので、「美味しい！　すごく美味しい！」と何度も連呼しておいた。

＊

そうして十日が経った夜、秋山さんから電話があった。

『海斗、最近タッチが変わってきてるぞ』

秋山さんから課題として与えられている、一日一デッサン。毎日、風乃が帰った後に二、三時間ほどかけて制作し、完成作品を撮影して秋山さんに送っている。

今夜は南風荘の緑色のレトロな扇風機を描き、送信した。その直後にかかってきた電話での第一声だった。

「す、すいません」

てっきり遊んでばかりなので下手になってしまったのかと思ったが、そうでは無いらしい。

『良い意味でだ』

「どういうことですか？」

『今までは全ての線を丁寧に描き過ぎているせいで面白味が無かったが、この扇風機は直感的に描かれている。良い意味で、不安定だ』

僕はスマートフォンを耳に当てたまま、画用紙を見下ろす。確かに十日前とは違う。写真でも分かるくらいに変わっている。

「制作時間が今までの半分ほどなんですが、もっと書き込むべきですか？」

『いや、時間は関係ない。半年かけた絵画より五分で描かれた落書きの方が値がつくこともある。この絵に関して、これ以上は画面が黒くなるだけで大して変わらないし、終わりどきだ』

「分かりました」

『地元の子と付き合ったか？』

「うぇっ」

突然の質問に、変な声を出してしまう。

『デッサンでタッチが変わったということは、ひとつひとつの線の力加減や、とめ・

はね・はらい、線から線までの間隔のばらつきが変わったということだ。それは描いているときの心境が変わったということでもある』

「要するにタッチの変化は心境の変化だと？」

『その通り』

「なんでそれが女性の話に」

『男が変わる理由の九割は女だ』

「どの画家の名言ですか？」

『俺の持論だ』

僕はなぜか意味もなく立ち上がった。呼吸を整える。

「……付き合ってないですよ」

『そうか？　お前のことだからその子のことは好きだが、まだ手を繋いでドキドキしたとかその程度の段階か。はあ』

スマホの向こうから馬鹿にしたようなため息が聞こえた。キスしましたと言ってやろうかと思ったが、自分自身あれが現実のものか疑わしいのでやめた。

「手なんて繋いでません」

嘘をついた。秋山さんはそうかと相槌を打つ。

『好きってとこは否定しないんだな』

「うっ！」

『それでいいぞ。絵に良い影響を与えている。自分の心の動きや、五感で捉えたもののひとつひとつを大事にしろ』

「……分かりました」

『ひと夏の思い出を楽しめよ』

「ちっ」

しっかり舌打ちまで入れて通話を終えた。

認めたくないが、秋山さんが言っていることは全て正しい。僕の絵が風乃に出会って変わっていることは疑いようがないし、風乃との関係は僕が滞在している間だけ、まさにひと夏だけのものだ。僕が東京に帰ってしまったらもう二度と会えないだろう。このまま観光客と地元の女の子という関係でいたのなら、だが。

それは嫌だ、と思った。


次の日も風乃が南風荘に来てくれた。

何か決定的なアクションをしなければ、と考えながらも何ひとつ切り出せないまま時が過ぎていく。

理由は単純、怖いからだ。僕は他人と親密な仲になったことが無い。ましてや、気になる女の子となんて。創作物の中でしか知らない未知の世界だ。

「もう志嘉良島を大体踏破したけど、まだどの風景にするか決まらないわけ？」

サトウキビ畑に挟まれた農道を後ろ向きに歩きながら、風乃が言った。今日も炎天下だ。風乃の顔は赤くて、珍しく汗をかいている。心なしか息が荒い気がした。

「うーん、えっと……」

もう充分島内を回ったし、秋山さんにも褒められたように僕のタッチも変わってきたので、取りかかってしまえば今までより良い絵が描けると思う。

しかしそうなると風乃と会う理由が無くなる。僕みたいな奥手な男には、理由が必要なのだ。

返事に詰まっていると、どこまでも続くと思われたサトウキビ畑の横にぽつんと民家が現れた。

「あ、ここが京ちゃん家さー……あっ！」

風乃が指差すと同時に、民家から人が出てきた。

その人は風乃の大声に反応し、さっと両手を後ろに回した。少しだけ見えたが、大きめの茶封筒を持っていたような気がする。

「京ちゃーん！　帰って来るなら教えてよー！」

風乃は飼い主を見つけた犬みたいに笑顔で駆け寄っていった。

京ちゃん？

記憶を探り、以前風乃とした話を思い出す。石垣島の高校の寮で、志嘉良島出身の幼馴染と相部屋だという話。その子の名前が京ちゃんだった気がする。

「教えてよって、あんたスマホ持ってないから連絡できないでしょ」

その子は近づこうとする風乃に、片腕を前に出して制した。もう一方の手は背後に隠したままだ。

「えー、スマホなんていらないし」

風乃は「待て」をされた子犬のようにその場で立ち止まり、唇を尖らせる。

「現代の女子高生の言葉じゃないわ。相変わらず日焼け止めも塗ってないじゃない」

「あれ、めんどくさい！」

京ちゃんは風乃や島の人と違って、訛っていなかった。それに島で一番かわいいという話だったが、それは判別できない。なぜなら彼女の顔がほとんど隠れていたからだ。

農作業をする人が被るようなつばの広い帽子。顔の側面とうなじは布で覆われている。大きめのサングラスをかけ、黒いレンズは風乃の笑顔を映し込んでいる。長袖のパーカーを羽織り、デニムの短パンの下にはスポーティなタイツ。きっとUVカット機能付きだ。日焼け対策を徹底している。

「石垣のバイトはどうしたの？」

風乃が問いかけた。

「休み」

京ちゃんがぶっきらぼうに答える。

「お盆までいる？　遊ぼうよ！」

「いない」

「ええー！　いつ戻るの？」

「今から石垣に行って、お盆にまた帰ってくる」

「そうなんだ。何で今日だけ帰ってきたの？」

「母さんに話があったから」

この子の性格はよく知らないが、どこかそっけない。少しずつ後ずさりして風乃と距離を取っているし。

「あ！ 紹介するね！ 海斗だよ！」

風乃が僕に手を向ける。サングラスがこちらに向いた。

表情は全く分からない。でも滲み出る雰囲気は訝しげだ。警戒しているような印象を受ける。風乃とトミさん以外の島民たちと同じ反応だ。

「……誰？」

じろじろと見られたあと、低い声で言われた。僕はとりあえず会釈する。

「東京から観光に来た高木海斗です。風乃に案内してもらってます」

するとその子は東京、と小さな声で復唱し、僕と風乃を交互に見て、最終的に風乃に尋ねた。

「……観光客？ 何で？ どこに泊まってるの？」

「南風荘！」

「トミさんの？」

「うん」

「どうして……風乃、友達になったの？」

「うん！」

「何で、この時期に」

京ちゃんは下唇を噛む。本当は言葉を続けたいが必死に飲み込んだ、という感じだった。どこか深刻そうな彼女とは対照的に、風乃は能天気に微笑む。

「志嘉良島を好きになって欲しいからさ。私みたいに」

その笑顔を見て、京ちゃんは少しだけ肩を上げた。驚きか動揺からか、とにかく肩に力が入っている。今度は僕に問いかける。

「……あんた、いつまでいるのよ」

「今月の二十日までです」

「そう。……ウークイまでには帰るのね」

島民に帰る日を聞かれるのは何度目だろうか。とことん歓迎されていない。

それにウークイという言葉は聞き覚えがある。確か、トミさんがお年寄りたちに詰め寄られていたときだ。「ウークイまでには帰るのか?」と質問されていた気がする。

「京ちゃんも仲良くなったら? 昔、高校卒業したら東京に行きたいって言ってたし。それに、手に持ってるのって何……」

そう言いながら、風乃が彼女の背中に回していた腕の袖を軽く引っ張った。

しかしその手は振り払われてしまう。

「やめて！」

「え、ごめん」

風乃がびっくりしたように手を引く。京ちゃんもはっとしたような表情をした。

「あ……いや、強く言い過ぎたわ。こっちこそごめん」

「ううん」

風乃は気にしてなさそうににこっと笑ったが、京ちゃんの方は顔を背け、気まずそうだ。

何とも言えない空気が漂う。あまり仲良くないのだろうか。どんな顔でいればいいか分からないでいると、京ちゃんは僕に向かってポケットから取り出したスマホを向けた。

「連絡先、教えてくれない？」

「え、僕の？」

「あんたしかいないでしょ」

明らかに僕に嫌悪感を抱いていたようだったのに。

「へえ、京ちゃん、いつも学校で男子に聞かれても断ってるのに」

「余計なこと言わないで！」

風乃を強い語気で制する。

「えっと……」

「まさかあんたもスマホ持ってないの？　都会人のくせに」

「持ってるけど」

「じゃあ早くしてよ！　慣れてるでしょ！」

「そ、そんなことはないけど」

急かされながら、僕はズボンのポケットからスマホを取り出した。画面を開いてIDを教え合う。風乃はどこか嬉しそうにその光景を眺めていた。

友達リストに『京花』という名前が追加された。アイコンは女子高生らしく、手の甲を向けてピースした自撮り写真だ。このぱっちり二重の写真が本人なら、確かにアイドル顔負けのかわいさといえる。

彼女は自分のスマホを眺めて確認するように頷き、体を背けた。

「じゃ、風乃。またお盆でね」

「えー、もう行くの？　三人で遊ぼうよー！」

風乃はまた袖を摑もうとしたが途中で止め、手を引っ込めた。

「ごめん、時間がないの」

「ちぇーっ。じゃあね！」

不本意そうだったが、風乃は渋い表情を笑顔に変えて、もう歩き出している幼馴染に手を振った。しかし青ざめている顔が無理しているように見えて、何だか悲しい。

幼馴染は茶色の大きめの封筒を胸にしまい込むように抱えて、早足で港の方向へ歩いて行く。風乃は背中が見えなくなるまで手を振っていた。

「なんて言うか、あんまり仲良くないの？」

聞き辛いことだったが、聞かないと不自然なほど露骨な温度差があった。

「仲良くなさそうに見えた？」

「まあ、うん」

「最近は昔より冷たいかも。でも京ちゃん、本当はすっごい優しいんだよ」

風乃は振り向いて歩き始めた。さっきまでの大股ではなく、ほんの少し背中を丸めている。僕も彼女の横に並んでついていく。

「確か世界一歌が上手いんだったっけ？」

「そうそう！　テレビに出てるようなアイドルや歌手なんかよりずーっと上手い！　昔の話だけど、将来はアイドルになるって言ってた。私は京ちゃんの握手券なら百枚でも買うさー！」

「そうなんだ。すごいね」

親友と言う割にはどこか壁がある二人。島民から溺愛されている風乃が、あんなふうに冷たくされているのを見るのは初めてで、少し驚いた。

その日の夜、トミさんから風乃が風邪をひいて寝込んでいると聞かされた。確かにいつもより顔色も悪かったし、汗をかいていたから不思議だった。体調の異変に気付けなかったことを反省した。

僕に付き合わせてしまったせいなので明日お見舞いに行こうと思ったが、トミさんに行くなと釘を刺された。

「すぐ治るから心配するな」とのことだ。僕は渋々納得した。

それにしても、あの風乃も風邪を引くんだな、としみじみ思った。

夜、デッサンを終えたタイミングで充電コードに繋がったスマホが震えた。

「京花……さん？」

画面に、ピースする女の子が映っている。

今日連絡先を交換したばかりの『京花』からだった。

なぜ？　僕は困惑しながらも、咳払いをして通話をタップした。

『遅い！』

昼間と同じ、不機嫌な声が耳元で聞こえる。

「ごめん」

『あんた、毎日何してるの？』

「観光してるよ」

絵を描く場所を探している、とは言わなかった。

『明日も？』

そのつもりだったが、風乃がいないのでどうしようかと思っていたところだ。もはや場所を探すという目的が風乃に会う口実になってしまっている。それに滞在期間もあと十日を切ったし、絵具が乾く日数も考慮するなら、そろそろ描き始めるべきだ。

『志嘉良島に観光する場所なんて大してないし、どうせ知り合いも風乃しかいないでしょ？』

「そうだけど」

『風乃は寝込んでるわよ。聞いた？』

「さっき聞いたよ」

『だから、明日二人で会わない？』

「え？」

聞き間違いだろうか。

『はあ、もう一度言うわ。二人で会おうって言ってるの。明日の高速船、石垣行きの第一便、十時発に乗りなさい。港で待ってるから。あ、片道じゃなくて、ちゃんと往復券を買いなさいよ』

「え、ちょっと待って」

『何よ。東京の男なら女の子と遊ぶのに慣れてるでしょ？』

「いやそんなことは」

『じゃあまた明日』

間を置かずにポロン、と音が鳴った。通話を切られたのだ。

「……は？」

脳内をクエスチョンマークが埋め尽くす。サングラスに布で覆われた京ちゃんの顔を思い浮かべた後、スマホ画面のピースした『京花』を見直す。

この子と二人で会う？

風乃が寝込んでいるのに、そんなことをしていいのだろうか。別に風乃と付き合っているわけじゃないけど、妙な罪悪感がある。すぐに京花からメッセージが届いた。

《来ないと、ひどいことされたって風乃に言うから》

何を言うつもりかは分からない。しかし風乃は出会って十日ちょっとの僕より幼馴染の言葉を信じるだろう。

僕は観念して、明日の朝十時の船に間に合うようにアラームをセットした。

翌朝、僕は京花の言いつけ通り往復券を購入し、石垣港に到着した。

「何よその格好。もっとオシャレできないの？」

港に降り立った僕にそう話しかけてきたのは、スマホ画面の中、笑顔でピースをしていた美少女だ。

艶のある黒髪はサイドが編み込まれていて、後ろで一つにまとまっている。手の込んだポニーテールだ。純白の肌は、南国の地にいるのにもかかわらず雪国の真っ白な風景を連想してしまう。ぱっちり二重。ナチュラルメイクでも充分整った目鼻立ち。

誰もが認める美少女だ。

顔の造形の綺麗さに見惚(みと)れている間、耳だけで受け止めていた、オシャレできないの？という言葉が遅れて脳に届いた。僕の格好は無地のTシャツにジーパンだ。しかも絵を描くとき汚れてもいいように、あえて着古したものしか持ってきていない。目の前の美少女のレース付きのワンピースに比べて、明らかに見劣りしている。

「全く、気合い入れて損したわ。東京ってオシャレな人しかいないと思ってたから」

「それは偏見だよ」

「早く行くわよ」

京花は素っ気ない声色でそう言い、背を向けて歩き出した。相変わらず感じが悪い。どこかむすっとしているように感じる。感情表現豊かで表情がコロコロ変わる風乃と違って、何を考えているかさっぱり分からない。二人は同じ志嘉良島出身の幼馴染同士だというのに、まるで正反対だ。

今のところ、僕は彼女に対して良い印象は持てていない。

まだ誘われた理由は分からないが、とりあえず斜め後ろからついて行った。

港を出て、石垣島の繁華街を歩く。志嘉良島に向かう際に経由したときも感じたが、石垣島は思ったより栄えている。八重山諸島の玄関口というだけのことはある。車も多く走っているし、高校生くらいの若者も多い。志嘉良島と違って観光客がたくさんいる。

「風乃と仲良くなった？」

京花が前を向いたまま聞いてきた。

「うん。仲良くなったと思うよ」

僕は彼女の後頭部に向かって答える。出会ってまだ十日ちょっとだというのに、ここまで仲良くなれた女子は風乃が初めてだ。

そして「仲が良い」以上の関係を望んだのも、風乃が初めてだった。

「そう、良かった」

京花はそう言って、ほっと息を吐いた。後ろ姿からでも分かるくらい、風乃を思いやっている雰囲気を感じた。

昨日は態度が冷たかったので、あまり風乃を好きじゃないのかなと思ったが、ちゃんと気にかけているらしい。

「京花さんは何で僕を呼んだの？」

僕の質問に彼女は振り向き、怪訝そうな顔で一瞥した。

「気持ち悪い。呼び捨てでいいわ。私も海斗って呼ぶし」

「分かった……、京花」

初めて風乃を呼び捨てにしたときのように緊張した。島の女の子は呼び捨てが当たり前のようだ。

「私、将来歌手になりたいの」

「え？」

「何よ？」

「いや、何でもない」

突然のカミングアウトにびっくりしてつい聞き返してしまう。冗談では無いらしく、表情は真剣そのものだ。

「でもそのことを誰にも言えないの」

「誰にも言えない？」

「うん」

やけに素直な声で頷く。

「風乃に言えば？　京花のことを、テレビに出る歌手やアイドルよりも歌が上手いって言ってたよ。馬鹿にしたりしないと思うけど」

「風乃には言えない。志嘉良島の人にも高校の同級生にも、風乃に話が伝わったら困るから言えない」

「何で？　風乃ならきっと……」

応援してくれるはずだよ、と言いかけて言葉を止めた。

僕自身、絵を描いていることを同級生の誰にも言わなかった。風乃にはトミさんを通じてたまたまバレてしまったが、僕の口からは間違いなく伝えなかっただろう。

それは決して風乃を信用していないからではない。将来の夢を語る、一生懸命な姿をさらけ出すというのは難しいことだ。それを否定された後も、努力を続けられる保証がないから。

黙り込む僕に、京花が怪訝な表情で振り返る。

「きっと、何よ？」

「……いや、何となく気持ちは分かるよ。で、僕にどうして欲しいの？」

そう尋ねると、前を歩いていた京花が初めて僕の横に並んだ。

「まず、この話は絶対に内緒にして」

「分かった。誰にも言わない」

「海斗には、私の歌を聴いて欲しいの」

「歌を？」

京花の喉がこくん、と鳴る。そこで僕は気付いた。終始仏頂面だった彼女の表情は、不機嫌なのではなく緊張からきているものだったのだ。

「東京って路上ライブも多いし、常に最新の情報があるじゃない？　私が歌手になれるか判断して欲しい」

「……いやいや」

言わんとしていることは理解できるが、真っ先に「僕にそんなの分かるはずがない」と思った。

第一、今の時代は月額千円そこらで何千万もの曲が聴けるはずだし、無料配信されている動画も多数ある。

何より人選を間違えている。僕は友人と会話するときのために流行り(はや)の曲だけをとりあえず押さえておくというタイプで、決して音楽好きじゃない。

「そんなこと僕に判断できないよ」

「分からないなら分からないでもいいわ」

「でも」

「単純に人前で歌う経験をしたいっていうのもあるの。誰かの前で歌ったの、もう何年も前だから。私、卒業したら東京の芸能事務所のオーディションを受けようと思ってる。そのためにバイトもたくさんしてお金を貯(た)めてるの。だからお願い。私の経験として、必要なの」

そういえば住み込みでバイトをしていると風乃が言っていた。それが理由らしい。

「それならそこらへんの路上で歌えばいいだろ？　よっぽど経験になるしお金も稼げるよ」

「そんなことしたら風乃にバレちゃうじゃない！」

「うーん」

「ね、お願い。ただ座ってるだけでもいいわ！」

お願いと言う割には、京花は胸を張って高圧的な態度を崩さない。でも、必死さは伝わる。

話を聞く限り、彼女には自分の歌に対して客観的にアドバイスしてくれるような人がいない。僕には秋山さんがいてくれたから、こうして自分に足りないものがあると知ることができ、東京美術大学の推薦獲得への対策として志嘉良島で絵を描く、という選択肢が取れた。

しかし今の彼女は、経験不足で実力も分からないままとにかくオーディションを受けるしかない。将来をかけた挑戦に、何も知らないまま飛び込まなければならない。

その怖さは理解できる。

何度か問答したものの、結局押し負けて、僕は首を縦に振った。

僕と京花は、通り道としてユーグレナモールというアーケード街に入った。石畳の道に、赤や黄色の派手な看板を掲げたお土産屋が並んでいる。呼び込みの声や、観光客が写真を撮って笑い合う声などが騒々しく反響している。

何もかも興味深くて、僕はつい何度も店内を覗き込んでしまう。沖縄に来てからよく目にする、正方形がひし形状に並んだ柄の織物(おりもの)はミンサー織というらしい。瓶の中にハブが漬けられたお酒があって、誰がこんなものを飲むんだろう、と目を背けた。マリンブルーの石のアクセサリーは、風乃に似合いそうだと思った。

京花は、度々立ち止まる僕を一度も咎(とが)めなかった。僕が正気に戻る度に、無表情で「行くわよ」と言うだけだった。

メインストリートから裏手に抜けると、小さなカラオケボックスがあった。雑誌をめくりながら気怠(けだる)げに接客する店員に、座ったまま指だけで案内され、ベース音が流れる小さな個室に入った。

女の子と二人でカラオケなんて初めてだ。薄暗い部屋に二人っきり。僕は歌わないのに、それだけで手汗が止まらない。

京花はソファーに腰かけ、慣れた手つきでモニター付きのリモコンを操作する。聞いたことがあるようなないような曲名が画面の右上に表示された。次に、受付で渡された二本のマイクに、交互にあー、あーと声を入れて響きをチェックする。僕には違いは分からないが、京花はこっちねと呟いて片方を選び、立ち上がった。

ＢＧＭが止まり、イントロが始まる。テレビ画面でカラオケムービーがスタートし、中央に曲名とアーティスト名が表示された。

「緊張するわ。歌ってる間は私の方を見ないでよ」

マイクを通した声が響く。京花の表情はずっと変わらない、真顔だ。しかし頬がほんのり紅潮しているように見えた。

「分かった！」

僕はイントロに負けないように大声で返事した。京花は頷いて、大きく息を吸った。

――直後、スピーカーから流れる彼女の歌声を聴いて、僕は自分の足から頭にかけて順に鳥肌が立っていくのを感じた。

色で例えるなら、カージナルレッド。独特な深紅色がカラオケボックスの壁や天井を染め上げていくのが見えた気がした。カージナルとはキリスト教カトリックの枢機卿(すうききょう)を指す。その法衣(ほうえ)などに使われる赤色がカージナルレッドだ。神聖さと荘厳さを内包し、高貴な見た目の奥底に燃え上がるような情熱を隠し持つ、そんな色。

しばらくして、彼女が歌う曲が二、三年前に流行っていた曲と気付いた。当時は街の至るところで流れていて、うんざりした記憶がある。甘ったるい歌声という印象しかなかった。

しかし京花が歌うそれは、僕の記憶の中の原曲とは全く違う力強さと深さがあった。

彼女は歌手志望であることを周囲に知られたくないらしい。だからボイストレーニングなどには通っていないのだろう。何となくだが、声を伸ばした部分に不安定さがある。あくまで印象で、僕には音楽の知識が無いので詳しいことは分からない。

——でも、芸術のことなら分かる。

彼女の歌声、息継ぎ、抑揚から現れる個性は、京花だけのものだ。他人の曲を歌っているのに、オリジナルそのものだった。技術だけで描いていて感情が入っていないと腐される僕の絵とは正反対で、技術は拙くとも、京花の情感がしっかり伝わる歌声だった。

何で流行ったのかも分からないありふれた歌だと思っていたけど、京花が歌うと歌詞も味わい深く聴こえて、もう二度と忘れられないような最高の一曲に思えた。

最後のワンフレーズを歌い切り、演奏の途中で京花が強制終了のボタンを押す。マイクを胸の前で持ちながら、強張った顔で僕を見下ろした。

「……どうだった？」

歌声の迫力とは対照的に、か細い声だった。

「…………」

僕が何も言えずにいると、彼女はテーブルにマイクをそっと置いた。

「……そうよね。歌手になるなんて子供じみた夢、諦めるべきよね。恥ずかしいわ」

僕は慌てて手を振る。

「あ、違う違う！　あまりにも凄すぎて、言葉が出なかっただけ！」

「何よそれ。詳しく」

「何て言うか……、僕が聞いてきた歌の中で一番良い歌だった。間違いなく歌手になれるし、成功すると思う」

すると京花は片眉を上げ、目を細める。

「そんなの、褒めすぎだわ。信じられない」

「本当だよ。天才的だった」

彼女の疑いの眼差し（まなざし）は晴れない。まだ胸の前でぎゅっと両手を握りしめている。

僕は必死に頭を回転させて、どうすれば信じてもらえるかを考えた。

ここまで明らかな才能を秘めているのに、他人に聴かせなかったせいで自信がないなんてもったいない。もし僕の言葉が彼女の才能を世に出す後押しになるなら、これほど光栄なことはない。

「歌声の透明感があるのに重みもあって、もうこの曲は京花の声じゃなきゃもの足りないよ。本物の歌手が歌うより遥かに良い曲に聴こえた」

「……ふーん。他には？」

京花が握る手の力を弱めた。

「色がついてたんだ、歌声に。それほど感情がこもってて、ただ『上手い』だけじゃないそれ以上のものを感じたし」

「なるほど。……他には？」

感想を催促する声は無感情だ。しかし前髪のひと束を指先にくるくる巻きつけながら、口角をひくひくと震わせている。褒められていることを自覚したようだ。

「聴いていてずっと鳥肌が立ちっぱなしで、もっと他の曲も聴いてみたいと思ったよ。ロック調のアップテンポな曲とか、男性歌手の曲なんかもとても似合いそうだ。明るい曲だったらどういう感情が引き出されるのか気になる。誰かの歌を聴いてそう思ったのは、京花が初めてだよ」

「ふ、ふーん。そう」

「あと顔がとってもかわいいから、その低めの声とのギャップがあってそれもまた良いと思う」

そう言った途端、今まで平静を装っていた京花の頬がじわじわと赤く染まっていく。

「……ちょ、ちょっと！　変なこと言わないでよ！」

「そんなに変だったっけ」

「か、かわいいとか、歌に関係ないじゃない」

歌手になれるかどうかという質問に対して、なれる理由を説明しているつもりだった。商業的にはルックスも重要な要素だと思ったので言ったまでだ。というか、昨日の過剰な日焼け対策もそういうつもりじゃなかったのだろうか。

「そ、そんなの、言われ慣れてるだろ？」

しかし激しく動揺されたせいで、ふと恥ずかしくなってくる。

「東京の男と違って、琉球男児は気軽にかわいいなんて言わないの！」

本音とはいえ、女の子に面と向かってかわいいと言ってしまったなんて、自分自身でも驚いてしまう。それだけ必死に語ってしまったのは、彼女の歌から「歌うのが心から好きだ」という気持ちが見えてきたからだ。

「……とにかく。なれると思ってくれたのよね？」

「そ、そうだよ！　というかなれるどころじゃなくて、世代を代表する歌手になるような才能があると思う」

京花は大きく息を吐き、膝の力が抜けたかのようにソファーに座り込む。ぼすっ、と音がした。

「やっぱりそれは言い過ぎだわ」

「そんなことないよ」

「悪いところや改善点とかはないの？」

「正直言うと少し声が安定していない部分もあったけど、それはボイストレーニングにでも通えばすぐに改善されると思う。でもそんなことどうでも良くて、京花の感情が歌声に乗ってたのがすごく良いと思ったんだ。歌うのが好きなんだなっていうのが伝わってきたし……」

そこまで話して、はっとした。

妥協してグランプリに出そうとしていた風景画を思い出す。高い技術を込めて丁寧に書き込んだ油絵。写真みたいで綺麗だと両親には褒められたが、秋山さんには感情を込めろとか、全身でぶつかれ、だとか散々言われた。

漠然と、自分に『個性』という名の何かが足りないことは理解していたものの、具体的には分かっていなかった。でも、今やっと答えが見つかった気がする。

「……また次も、この人のもっと別の曲も聴きたいって思うのは、そういう人の歌なんだ。自分をさらけ出してる人。結局芸術の世界では、作品の中に自分自身をさらけ出せるかどうかで決まるんだ」

それに気付けたのは、京花の歌を客観的に聴けたことだけでなく、風乃と過ごしてタッチが変わったことを実感できたからだ。

僕は絵を描くのが好きだ。その気持ちを、ただキャンバスに込めればいいのだ。珍しい風景じゃないといけないとか、他人にどう思われるかとか、そんなことは些細な問題でしかない。

しばらく京花は無言だった。僕をじっと見つめている。

「あ、えーと、他には……」

てっきり次の感想を催促されているのかと思って絞り出そうとしたが、京花は首を横に振った。

「もういいわ。海斗、音楽は詳しくないって言ってたけどずいぶん説得力があったわ。本当は何かやってたんじゃないの？」

「いやいや、本当に詳しくないよ」

「そう？　それなのに結局芸術の世界ではー、なんて熱く語ってたの？」

「そ、それは……」

弁解の余地もない。確かに気取った言い方だったかもしれない。今になって恥ずかしくなってくる。

「……ふふっ、冗談よ。ごめんね？」

照れる僕を見て京花が笑った。これまでの無表情を崩し、目を細める。いたずらっぽく笑ったその顔はずいぶん幼く見えた。

「風乃以外でこんなに褒められたのは初めてだから嬉しい。自信がついたわ」

「そ、そう。良かった」

昨日の風乃との絡みや、今朝港で会ったときの刺々しい態度が嘘のようだ。

「他の曲も聴かせてあげてもいいわよ」

「うん、聴いてみたいな」

「そこまでお願いされたらしょうがないわね」

そこまでというほどのお願いはしてなかったが、特に反論はしなかった。

京花は嬉々としながらモニター付きのリモコンを操作する。画面には違う曲名が立て続けに表示され、カラオケボックスの一室は京花のリサイタル会場となった。

曲の合間に僕がこれでもかと言うほど賞賛した感想を述べ、京花はそれを聞いてさらに機嫌を良くしていく。徐々に声に艶も出て、より魅力的になっていった。

三十曲をたっぷり五時間かけて歌い上げ、いい加減お腹が空いたということで僕らはカラオケ店を出た。


その後、A&Mというファーストフード店に入った。アメリカに本社があるチェーン店で、日本では沖縄にしか出店していないらしい。中でもオレンジジュースがとても甘くてびっくりした。甘いもの好きな人なら中毒的にハマりそうだ。

入り口近くの二人掛けのテーブル席でハンバーガーセットを食べていると、観光客らしき若い男性が何度も僕らを盗み見ていた。

きっと京花の見た目が良いからだろう。彼女には都会の女の子のような洗練された綺麗さがあって、石垣島では浮いているように思う。とはいえ歌声を聴いたら、その程度の評価では物足りないのだが。

ふと風乃の顔が頭に浮かんだ。

いつも動きやすさ第一の服装で化粧っ気がなく、いかにも島育ちという見た目。台風みたいに走り回り、僕は彼女から様々な感情を引き出された。崖から海に飛び込んだり裸足でバスケしたり、今まで絵ばかり描いていて経験してこなかったような遊びを一緒にしてくれた。とても高校生らしいとは言えないことばかりだったけども。

もし風乃と東京で遊んだらどうなるだろう。僕が志嘉良島で経験した驚きや感動の何倍ものリアクションで、全力で楽しんでくれるに違いない。一度考え始めると妄想が止まらない。風乃と一緒に東京に行きたい。

「風乃には、今日のことは内緒にして」

京花の言葉にぎくりとした。

風乃のことを考えているのが気付かれたのかと思った。なるべく平静を装って頷く。

「分かった」

すると京花が僕の顔を覗き込む。

「なんで内緒にするか聞かないの?」

「え、聞いて欲しいの?」

「そういうわけじゃないけど……、風乃、私のこと何か言ってた?」

「親友で歌が上手くて、優しいって言ってたよ」

「他には？」

「それだけ」

「そう」

褒められているにもかかわらず、京花の表情は曇っている。

「何か心当たりがあるの？」

「……別に」

黙り込んでしまった。

重たい雰囲気のままハンバーガーセットを食べていると、彼女が口を開いた。

「私の喋(しゃべ)り方っておかしくない？　なるべく普段から訛らないように気をつけてるんだけど」

確かに、京花のイントネーションは風乃に比べて標準語に近い。

「大丈夫じゃないかな。むしろ訛ってる方が良いと思うけど」

「あんたは風乃が好きなだけでしょ」

「え!?　……ごほっごほ」

突然の指摘に大げさにむせてしまう。慌ててオレンジジュースをストローですする。

「違うの？」

「いや、関係ないじゃん。方言が好きな男性は多いし」

「別に隠さなくていいわ。風乃は良い子だから好きになるのも無理ないし」

京花は、私も大好きだもの、と独り言のように付け加えた。なぜか寂しげな顔だ。

「そうなんだ。じゃあ、なんで昨日会ったときはあんなに冷たかったの？」

「冷たそうに見えた？」

「うん」

「あのときは芸能事務所の書類を持ってたから、会話したくなかったの。親に話をしに帰ってたとこだったから」

「ああ、封筒を隠してたもんね」

「……………」

京花がまた黙り込む。気まずくて、何となく店内を見渡した。いくつかあるテーブル席はほとんど若者で埋まっている。

「海斗」

京花が小さな声で呼んだ。唇をきゅっと結んでいる。今朝会ったときのような、こわばった表情だ。前髪が冷房で頼りなげに揺れている。

「何？」

深刻そうな雰囲気を感じ、僕は声を低くして返事する。

京花は、口を開いては閉じてを何度か繰り返した末に言った。

「風乃を、東京に連れて行って」

「風乃を？　……どうして？」

風乃と一緒に東京に行きたいと思った。きっと楽しくなるだろうから。でも京花の表情と声のトーンはあまりに深刻すぎて、単に友達と旅行したら？　という世間話とは思えない。

「ほら、わ、私が東京に住むんだから、風乃もいたらいいじゃない。風乃もあんたといるの、嫌じゃなさそうだし……」

取り繕うような早口だ。目を合わせないし、歯切れも悪い。京花らしくない。

「嫌じゃなさそうかな」

「きっとそうよ。そうじゃなきゃこの時期に一緒にいたりしないわ」

確かに。大事な高三の夏休みに、毎日場所探しに付き合ってくれている。

「じゃあ高校卒業したら三人で」

「それじゃ遅いわ！」

強い語気で遮られた。京花が続ける。

「三十日に東京に帰るんでしょう。そのときに、風乃を島から連れ出して。石垣島でも、沖縄本島でもダメ。うんと遠くがいい。東京なら間違いないわ」

「そんなこと急に言われても。もう一週間くらいしかないし、今の時期はチケットも高いよ」

「お金は私が出せるわ。とにかく、風乃を遠くに連れて行って」

「泊まるとこも探さないといけないし、親の許可も取らないと。出会ったばかりの男と旅行なんて、許してくれるかな」

「風乃の親?」

「うん」

当たり前のことしか言っていないはずだが、京花はひどく驚いたような顔をした。

「そんなの……、そんなのどうにでもなるわ」

「それに何においても、まずは風乃に聞いてからだよ」

「風乃はきっと行きたくないって言うわ。でも無理やり連れ出して欲しいの」

理解できない。嫌がる風乃を強引に東京に連れて行く? どういう意図の依頼だ。

「僕は風乃が嫌がることをしたくないよ。せめて理由を教えてよ」

すると京花はうつむいてしまった。下唇を噛んでいる。

そのまま数分ほど、無言で自分の手元を睨みつけたあと、思い切ったように顔を上げた。

「……風乃は……！」

ところが、そこで言葉を止め、目を見開いた。

京花の視線を辿ると、七十代くらいのおばあさん二人組が店内に入ってきたところだった。頭の頂上で白髪をお団子にし、曲がった腰に手を当てている。お年寄りでもハンバーガーを食べるんだな、と思った。

「……海斗、出るわよ」

京花が言った。唇が震えている。真っ白な肌は、白を通り越して青白い。

「え、急に？　いいけど」

僕は四分の一ほど残っているオレンジジュースを飲み干してしまいたかったが、そんな暇はないほど京花はそそくさと立ち上がる。

「おや、京花じゃないかい」

しかしその声を聞いて、京花はぴたりと動きを止めた。入店してきたおばあさんの片方が、オーダーもせずに歩み寄り、京花に斜め後ろから声をかけた。京花は苦虫を嚙み潰したような顔から、唇の片方を無理やり上げて、振り向いた。

「金城（きんじょう）さん、久しぶり」

京花に金城さんと呼ばれたおばあさんは、顔をしわくちゃにして笑う。

「相変わらずちゅらかーぎーやっさー。今日はデートか？ そのにいには、石垣島では見たことないねー」

おばあさんがちらりと僕に視線を向けたので小さく会釈した。京花のためにデートという単語は否定しようかと思ったが、僕よりも先に京花が答えた。

「ええ、彼は石垣の人じゃないの。今から帰るところで、船に乗り遅れないように急がないといけなくて。だからもう、行くわね」

そうして、トレーの片付けもしないまま僕の腕を引いて歩き出す。

「京花、ウークイがある二十二日までにはちゃんと志嘉良島に帰りなさいよー」

すれ違い様、おばあさんが穏やかな声で言う。

しかし次に続く言葉は驚くほど低音で、地の底から聞こえてきたような声だった。

「……わざわざ宿や港を押さえて、観光客を入れないようにしてるからね。そのうち、やーまで島に入れなくなるよ」

オレンジ色の照明の店内。窓から差し込む日光は夕方になっても陰る兆しがない。

周囲にはたくさんの人がいて、がやがやと騒がしい。

しかし、おばあさんとその周囲だけはやけに暗く、肌寒く感じた。

「京花、痛いよ」

A&Mを出て、早足で僕の腕を強く引いて進んで行く京花。彼女ははっとした顔で腕を離し、店からある程度離れたところで歩速を落とした。

「……ごめん」

「どうしたの、急に。あのおばあさんがどうかしたの？」

京花は徐々に足取りが重くなり、やがて立ち止まった。僕も同じように止まる。歩道の真ん中で向かい合う僕と京花を、すれ違う人たちがもの珍しそうに眺めている。

「あの二人、ユタなの」

京花が顔を上げた。

「ユタって沖縄の巫女だよね」

「そうよ。よく知ってるわね」

「風乃から聞いたんだ。今の沖縄があるのは、ユタたちのおかげだって」

僕の言葉に、京花が眉をひそめる。腹立たしいような、呆れたような表情だ。

そのままくるりと反転した。ポニーテールがふわりと舞う。

「……港に行くわよ。もうすぐ船が出る。これを逃すと、今日中に志嘉良島に帰れないわ」

石垣発、志嘉良島行きは十九時の船が最終だ。往復券を購入しているのでスムーズに乗れるが、確かに急がないと間に合わない。

「うん」

頭には多くの疑問が浮かんでいる。しかしいくつか質問しても、京花は何も答えなかった。港に着き、別れ際に「海斗は、風乃の話をしっかり聞いてあげて」とぽつりと呟いただけだった。

京花と別れ、僕はチケット売場を横切って船着場に向かった。

窓口で一人の男性を、三人の係員が取り囲んで話し込んでいた。背中に大きなバックパックを背負い、テントの脚のようなものが入り切らずにはみ出ている。キャンプでもするかのような大荷物だった。

僕は船に乗り込みながら、ぼんやりと考えた。

前に、志嘉良島の小学生が僕を見て「今年初めて観光客を見た」と言っていた。

沖縄の離島には他にも人気の島が数多くあるから仕方ないとのことで、大して疑問に思わなかったが、ユタの老婆の話が本当なら、意図的にそうしているというのか？

そんなこと、可能なのだろうか。現に、こうして僕は行き来しているじゃないか。

結局、バックパックの男性は船に乗って来なかった。時間が来たので出港してしまった。

・

一時間ほどで志嘉良島に到着し、南風荘に帰った。風邪で寝込んでいるはずの風乃があぐらをかいて座っていた。

「風乃、体調は大丈夫？」

気の抜けた顔でテレビを見つめている。

風乃は僕の質問に少しだけ眉を動かして、目を見ずに答えた。

「治った」

いつもの風乃なら笑顔で「おかえり！」と迎えてくれて、まるで自分の家かのように振る舞うはずなのに。病み上がりでまだ調子が良くないのだろうか。

「ご飯は食べるかい？」

トミさんがお茶碗を片手に尋ねてきた。ハンバーガーセットを食べて来たものの、少しお腹が空いていたし、トミさんのご飯は美味しいのでいくらでも食べられる。食べますと答えると、また風乃がちらりと僕に視線を向けた。どうも不機嫌なように見えて、居心地が悪い。

準備してくれたご飯を前に、いただきますと挨拶して夕食が始まった。風乃とトミさんも一緒に食べ始める。

三人とも無言で、部屋にはテレビの音だけが響いている。観光客の件や、二十二日にあるウークイというものについて聞いてみたかったが、そういう空気ではない。食べられると思ったのに、なんだかお腹いっぱいになってきた。そんな中、風乃が口を開いた。

「石垣島で何してたの？」

「え、何で石垣島に行ったたって分かるの？」

僕が聞き返すと、風乃が箸を置く。

「港のおじいに聞いたからさ。海斗が午前中に手ぶらで石垣行きの船に乗ったって。で、この時間に帰ってくるってことは石垣から十九時発の船に乗ったってことだから」

行動が筒抜けになっている。田舎にプライバシーはないのか。

「石垣の観光してたんだよ」

「一日中一人で？」

「うん」

風乃には内緒にしてと京花に言われているため、嘘をつかないといけない。心苦しい。風乃の疑いの眼差しを、目を逸らさずに受け止める。

別に僕が一人でどうしようと勝手なはずだが、こうも睨まれると、まるで付き合っている彼女に浮気の疑惑をかけられているかのようだ。

「一人で観光して楽しかった？」

「まあまあだった」

「本当に一人？」

「そうだよ」

「海斗から、いつも京ちゃんが付ける日焼け止めの良い匂いがするのに？」

「え、うそ」

慌てて自分のTシャツの袖を引っ張って匂いを嗅ぐ。よく分からない。でも確かに京花からはフローラルな香りがした。美少女から良い匂いがするのは当然だろうと大して気にも留めてなかった。

焦って確認する僕に、風乃はまた眉をひそめた。

「まあ嘘なんだけどさ」

「えっ！」

やられた。

「会ってないなら嗅いで確認なんてしないよね。京ちゃんと何してたの？　もしかして二人っきりで長時間、狭い個室にいたんじゃない？」

風乃がテーブルに手をついて前のめりで詰め寄る。箸が片方、その衝撃で畳に落ちた。しかしそれには一切目をくれない。何よりも僕から真実を聞き出すことを優先している。

「……ごめん。本当は京花とカラオケに行ったんだ」

追及を逃れられないと悟り、白状した。僕は京花との約束を守るよりも、風乃に嫌われたくないと思ってしまう薄情な男だ。

「やっぱり」

「京花に、風乃には内緒にして欲しいって言われてるんだ」

とはいえ、風乃は確信しているようだった。遅かれ早かれ嘘を暴かれていただろう。

「何で私に内緒にしたか、理由は言ってた？」

「それも内緒だって」

「カラオケに行った理由は？」

「将来、東京に行って歌手になりたいから歌を聴いて欲しいって言われて」

「……そうなんだ。昔はアイドルになるって言ってたのに」

ずっと僕を睨んでいた風乃は、大きくため息をついた。その拍子に、張り詰めていた顔が少しだけゆるむ。いつもの表情の豊かさに比べたら些細な変化だが、心なしか嬉しそうにも見える。風乃が落とした箸を拾うと、トミさんが新しい箸を差し出した。

風乃はお礼を言って受け取った。

「……京ちゃん、歌上手かったでしょ？」

「うん。僕が今まで生で聞いた中で一番上手かったよ」

同意すると、風乃はにっと口角を上げた。

「だから言ったさー！　京ちゃんは世界一上手いって！」

数十秒前までの険しい顔と同一人物とは思えないくらい朗らかな笑顔だ。風乃らしい態度に、僕はほっと胸を撫で下ろす。

「風乃から聞いたときは大げさだと思ったけど、本当に世界一になってもおかしくないね」

「だからよー！　何ていうか感情がこもってて、伝わってくるんだよねー！」

「うん。まさに天才って感じ」

「しかも京ちゃんはあの見た目だし、美容にもこだわってるし！　昔は私も無理やり日焼け止めを塗られてたけど、もう諦められちゃった！」

「そういえば初めて会ったときに徹底して日焼け対策してたよね」

「うん、努力してるからさ、絶対に夢を叶えてほしいと思ってる」

受け取った箸を使わないまま、自分のことのように嬉しそうに語っている。

この様子なら、歌手になりたいという夢は京花の口から聞きたかっただろうに。仕方なかったとはいえ、罪悪感で心苦しい。

「二人とももう食べないのかい？」

会話に夢中になる僕と風乃に、トミさんが割って入った。僕らは慌てて食事を再開した。もうお腹に入らないと思ったのに、気が付いたら完食していた。

夕食を終えて後片付けをした後、風乃が言った。

「海斗、スマホかして」

「何するの？」

「京ちゃんと話したい」

「カラオケの話をするの？」

風乃がこくんと頷く。そういえば風乃は自分の携帯電話を持っていなかったな。

口止めされていたことを話してしまっているので後ろめたい。

「海斗が話したこと、京ちゃんはきっと怒らないよ」

僕の気持ちが表情に出ていたらしく、風乃が苦笑した。

「絶対怒るよ」

「怒らないさ。京ちゃん優しいし」

「いや、でも」

「いいから早く！　かしてくれないなら無理やり奪うから！」

「分かった分かった」

風乃が今にも飛びかからんと腰を落としたので、僕は仕方なくポケットからスマートフォンを取り出した。アプリを開いて、ボタンを押せば通話できるところまで操作して、風乃に差し出す。

「なるべく僕の罪が軽くなるように交渉してくれないかな」

「了解！」

びしっと敬礼のポーズをして、風乃がスマホを受け取る。そして「ちょっと長くなるかも。スマホ必要だったらごめんね」と付け加えた。

画面の通話ボタンをタップし、部屋を出て、そのまま南風荘からも出て行った。

しばらくして僕がシャワーを浴びようと居間を通ったところで、座っているトミさんが声をかけてきた。

「今日のデッサンは終わったのかい？」

デッサンという単語を知っていることが意外だった。

「まだです。風乃がスマホを返しに来たとき、絵を見られるかもしれないので」

そう答えて、胸がちくりと痛んだ。風乃には絵を描いているところや完成した作品は見せない、と初日に言ってある。風乃もそれを了承している。

でも、貴重な高校三年生の夏休みを、毎日僕のためだけに島を案内してくれている風乃に、本当にそれでいいのだろうか。

京花の将来を想像しながら嬉しそうに笑う風乃を思い出す。

他人のために一生懸命になれる彼女に、僕はいつまでも壁を作ったままでいいのか。

考え込む僕に、トミさんが呆れたようにため息をついた。

「あんなに上手いのに見られたくないのかい」

「え、デッサンを見たんですか？」

「部屋の掃除も仕事のうちだからさ、そのときにね。海斗は綺麗に使うから、ほとんど掃除する必要はないけどね」

　気付かなかった。言われてみればそうだ。

「それに、車庫に立て掛けてある平らな荷物、ありゃ百号のキャンバスだ。よほどの大作を描くつもりだね」

「そ、そうです。キャンバスのサイズまで分かるんですね」

　絵に携わってる人なら常識だが、一般人が見ただけで分かるはずがない。一体何者なんだろう。

「息子が絵を描いていたからね。ま、私が色々知ったのは息子が内地に行ってからだが」

　トミさんはテレビから目を逸らさずにお茶をすする。ふうと息を吐いて、独り言のように続けた。

「海斗が島に来た日、中年の男も一緒に船に乗っていると聞いたから、てっきり息子が帰ってきたのかと思ったよ。そうだったら嬉しかったけどね……」

　寂しげな声色だ。

「息子さんに帰ってきて欲しいんですね」

宿の予約を取り、飛行機や船のチケットを買ってくれたのは秋山さんだ。でも秋山さんは沖縄出身じゃないので、息子さんではない。

トミさんは僕の質問には答えずに、話を変えた。

「……まあいいさ。百号の大作を描くつもりなのに、いつまでも風乃の相手をしていて大丈夫かい？　まあ、私がそうしてくれと言ったんだがね」

「どこも良い景色ばかりで、迷ってます」

「もうすぐ風乃は家の用事で三日ほど来れなくなる。それまでにどの風景にするか決まればいいね」

「そうなんですか。……そうですね」

僕は頷いて、腕を組んだ。そろそろモチーフにする場所を本格的に決めないといけない段階だ。脳内で写真をめくるように、志嘉良島の風景を映し出す。どの景色にも風乃がいた。

それから三時間が過ぎても、風乃はスマートフォンを返しに来なかった。

まもなく日付が変わろうという時間だったので、さすがに心配になって外に探しに出ようとしたが、風乃は軒先でうずくまりながら通話していた。

「……私は私がしたいようにする。後悔しないために。京ちゃん、なんくるないさー、だよ」

近所迷惑を考えてか、小声だ。でも声は明るい。話の内容も風乃らしい。

雄大な自然に囲まれた志嘉良島で、誰よりも自由な風乃と一緒に過ごしていると、小さなことを気にしている自分が馬鹿らしく思えてくる。

今なら、自分をさらけ出せる気がした。

とりあえずスマホは諦めて、部屋に戻って寝た。

翌朝、目が覚めると、すぐ目の前に目をつぶる女の子の顔があった。その距離は人差し指一本分くらいしかない。

すぐに風乃だと分かった。

静かで、時が止まっているようで、まだ夢の中にいるのかと思った。

数秒遅れて強烈な蟬の鳴き声が耳に入ってくる。それらに混じって、人の声も聞こえた。蟬の声以外の音で外が騒がしいと思ったのは、志嘉良島に来て二度目だった。

再び目の前の光景に集中する。

横になっている僕と向かい合うように風乃が寝ている。

額にうっすら汗を滲ませていて、寝苦しそうに眉をひそめている。

少しでも首を動かすと額がぶつかってしまいそうなくらいの距離。吐息の生温かささえも届いてくる。いつもと違う布団の匂いに、僕は寝起きの脳に勢いよく血が流れてくるのを感じた。

横目で部屋を見回す。間違いなく南風荘の自分の部屋だ。

早く離れないといけないのに動けなくて、まじまじと観察してしまう。小さな顔、薄めの唇。寝息に合わせて上下する睫毛(まつげ)。

やっぱり、かわいい。改めてそう思った。もう疑いようがない。

僕は、風乃のことが——。

心の中でそう思うと同時に、目の前の二つの大きな瞳がぱちっと開いた。僕は驚きのあまり声をあげそうになった。

風乃は黙ったまま何度か瞬きし、瞳孔のピントを徐々に僕に合わせていく。

やがて、ふっと小さく息を吐き、優しげな微笑みを浮かべて呟いた。

「ごめん。電池切れちゃった」

「……電池？」

反射的に聞き返す。遅れて、スマホのことだと分かった。風乃が小さく頷く。

「うん」

「……だ、大丈夫！」

僕はカラカラの喉で声を絞り出し、慌てて上体を起こした。

「えーと、き、昨日、いつまで電話してたの？」

「夜の二時くらいまで。スマホの電池って意外と持つね。おかげで京ちゃんとしっかり話せたさ。ありがとう。……ふぁぁー」

風乃は目をぎゅっとつぶりながら、あくびをした。横になったまま腕だけを動かして目をこする。

「京花、怒ってなかった？」

「怒ってたさ。殴るって」

「そっか」

「ふふ、怖くなさそう」

小さく笑う風乃を見下ろす。まだ胸のどきどきは収まらない。

「風乃は何でここで寝てたの？」

「海斗が寝てたから、スマホを置いて行こうとしてこっそり部屋に入ったさ。そしたら帰るのが面倒くさくなっちゃって」

「親とか大丈夫？」

「あはは、大丈夫さ」

風乃は体の横に置かれたスマホを手に取り、下から差し出した。それを受け取り、真っ暗な画面を見つめる。寝癖のついた自分の顔が映っている。冷静になると同時に、後悔が湧き上がってくる。せっかく風乃と同じ部屋で一晩過ごしたのに、ただ寝ていただけだなんて。もちろん起きていたとして何らかの行動ができた保証はないが。

僕が悶々（もんもん）としていると、風乃は気持ちよさそうに寝返りをうって、あおむけになった。

昨夜から着ていたTシャツに短パンの格好で、裾がはだけて引き締まったお腹が覗いている。男と二人きりの部屋でするにはあまりに無防備すぎる体勢。僕は平静を装って顔を背け、スマホに充電器を差し込んだ。

その直後、南風荘のチャイムが鳴った。起きてすぐに外が騒がしいと感じたが、聞こえる声は大きくなっている気がした。

「風乃、そろそろ一度帰った方が良いよ」

襖が開く。トミさんだ。声もかけずにいきなり襖を開けるのは珍しい。

「うん、分かった」

迎えが来たということだろうか。それがこの声の主だとしたら、人数が多過ぎるような気がする。外に十人くらいはいそうな気配だ。

「私、明日からはしばらく遊べなくなるさ。だから海斗、今日最後に私としたいことある?」

上目遣いで風乃が問いかける。

「したいこと?」

見たい風景、ではなく、したいこと。ちょっと気になる質問の仕方だと思った。

風乃がじっと見つめてくる。僕を試すような視線だ。何も思いつかないでいると、風乃の方から提案した。

「……特にないなら、御嶽に行かない?」

「う、うん。いいよ」

御嶽に行くということは、またあの崖から飛び込むのか。つい怯(ひる)んで返事を躊躇(ためら)ってしまう。

そんな僕を風乃はくすりと笑い、起き上がった。座ったまま頭上に両腕を上げ、大きく伸びをした。んんー、と声が漏れる。

「じゃあ一度家に帰って、一時間後くらいにまた来るね」

二度目のチャイムが鳴り、風乃は落ち着いた足取りで部屋から出て行った。寝起きだからか、いつもの彼女と比べて少し元気がなかったような気がした。


一時間後に来ると言った風乃だったが、実際に来たのは三時間後。太陽が一番上まで昇り終え、徐々に下がり始めた昼過ぎだった。

僕らは御嶽に向かった。スマホは充電中なので部屋に置いたままだ。スマホも財布も持たずに外を出歩くなんて久しぶりだ。志嘉良島の風景も相まって、時間や人間関係に縛られていないという開放感がある。

御嶽に向かう道中にあるガジュマルの森は、相変わらず静かだった。「ここから先は神聖な場所への道だから静かにしなさい」と教えてくれているかのようだ。

「どうして御嶽に行きたかったの？」

隣を歩く風乃に尋ねる。初めて来たときは、腰の高さまで生えた雑草や蜘蛛(くも)の巣(す)などで歩きにくくて、ついていくのが精一杯だった。でも今はこうして隣を歩けている。

「私、御嶽が好きなんだ」

岩で構成された離れ島に聳え立つ、円柱形の大岩の塔。その頂上から眺める景色を思い出す。確かにあの景色は一度観たら忘れられない。

「そうなんだね」

「崖から一緒に飛び込んだの、覚えてる？」

忘れるわけがない。僕の人生初のキスをした日だ。この島で体験したいくつもの「はじめて」の中で最も鮮烈な思い出だ。もちろんそんなこと、恥ずかしくて言えないけど。

「覚えてるよ。めちゃくちゃ怖かった。もうやめてよ」

「えへへ、どうしようかなー」

風乃が髪を耳にかけて、いたずらっぽく笑う。いつも元気でハキハキと喋る彼女は、この森に来るとトーンを抑えて小声になる。波の音で方向を判断しているからだ。

「京ちゃんも島の子供たちも、御嶽のこと、あまり好きじゃないさ」

眉尻の下がった笑顔が、どこか諦めているように感じられる。

「本当はみんなにも好きになって欲しいんだね」

「うん。私が大好きな志嘉良島の全部を、大好きな島のみんなにも好きになって欲しい。でも若い子は島を出たがってて、ちょっと寂しい」

京花は東京に行きたがっている。小学生たちも都会に生まれたかったとぼやいていた。

「風乃はずっと島にいたいの？」

「……うん、私はね。でもみんなは違う。今はネットで都会の情報が簡単に入ってくるから、憧れちゃうんだよね」

「だからスマホを持たないようにしてるの？」

「そんな感じ。この島以外の、他の普通の人たちの当たり前を知りたくないから。ねえ、海斗はこの島が好き？」

僕は即答した。

「好きだよ」

「……そう。うれしい」

風乃が柔らかく微笑む。日陰の中でもなお淡く輝く琥珀色の瞳が細まる。

「この島で過ごしたこと、忘れないで欲しいな」

「うん。きっと忘れないよ」

「ひとつもだよ。全部忘れないで」

「もちろん」

風乃が僕の返事に満足そうに笑ったところで、連なる木々が途切れ、スカイブルーよりもっと蒼（あお）い、志嘉良島の空が広がった。地面が荒れた岩肌になり、陽射しが僕らの全身を包む。遠くの空で海鳥が列をなして飛んでいて、鳴き声が波の音と共に聞こえる。

前回は森を抜けてすぐ崖から飛び降りたが、今回は崖際に立って海を見下ろした。

コバルトブルーの海面が眼下に広がっている。右に行くにつれて緑色が足され、グラデーションを経てエメラルドグリーンに変化している。

「この前はすぐに飛び込んだせいで分からなかったけど、何で海の色が違うの？」

風乃は崖の縁に座り、足を海に投げ出しながら教えてくれた。

「太陽光が強い日の海は、深さによって色が違って見えるさ。この真下は飛び込んでも大丈夫なほど深いから青色で、右側は浅くなっていくから緑色」

突き上げる風で前髪が揺れている。風乃は目を閉じて、気持ち良さそうに伸びをした。

僕はちょっとだけ無理をして、風乃の横に、同じようにして座った。

少しでも体勢を崩したら海に真っ逆さまだ。そう思うと爪先から血の気が引いていく。海の匂いがする潮風には、崖下に当たる波の飛沫（しぶき）が混じっている。なんだか口の中がしょっぱくなってくる。

「海斗、変わったね」

なるべく体重をかけないようにのけ反り気味に座る僕を見て、風乃が目を丸くした。

しかしすぐにううん、と首を振る。

「違うか。海斗はもともとすごかったね。将来の夢に向かって、がんばってるんだし」

「別にすごくないよ。今、本当はめちゃくちゃびびってる。強がってるんだ」

風乃が僕の顔を覗き込む。

「ふふ、ほんとだ」

「悪戯（いたずら）しないでくれよ。押したりとか」

「それって誘ってる?」

「ち、違う!」

あはは、と楽しそうに笑う。その顔を見ていると、体から力が抜けていく。落ちたら落ちたでいいか。なんくるないさーだ。

「海斗はすごい。京ちゃんも。将来の夢があって、自分に何が必要かを考えて、毎日努力してる。怖いのに肝試ししたり、絵を描くために色々体験してさ。最初は何にもできなかったのに。かっこいいさ」

その落ち着いた声に、風乃の本心を感じる。かっこいいという言葉にどきっとした。

「違うよ。僕は本当はダメな奴なんだ」

僕はそう言って遠くを見た。うっすらと弧を描いている水平線を眺める。

じっとりと手に汗が滲む。心臓は動悸がする。

「僕は……、僕は」

今なら言える、と思った。誰にも言ったことない、目で見たものしか描けなくなった理由を。秋山さんと両親以外に絵を見せられなくなった理由を。

「大丈夫？」

風乃が心配そうに尋ねる。

「して欲しいことがあったら言って」

僕は声を出さずにうん、と頷いた。

すると風乃が手を握ってくれた。

手を繋いで欲しいと思った直後だった。風乃は何でもお見通しだ。

徐々に心が落ち着いてきて、僕は何度も深呼吸をした。

「僕の話、聞いてくれる？」

「もちろん」

彼女の笑顔に安心して、僕は再び海を見つめ、話し始めた。

「僕、小学生のときは神童って呼ばれてたんだ。図画コンクールで、両手の指じゃ数え切れないほど賞をとった」

「うん」

風乃は安易なオーバーリアクションはせず、低い声で頷いた。僕が単に自慢しているわけではないと気付いて、話を遮らないようにしてくれている。

「で、中学に上がったときに都内の有名な絵画教室に入ったんだ。難関美大への合格者を何人も輩出していることで有名で、入るだけでも試験があるようなとこだった」

秋山さんのところとは違って、小、中、高校生合わせて百人もの生徒がいた。ほとんどは美大受験生で、中学一年生は十人。その十人を一クラスとし講習を受ける。

「そんな場所だから、どの生徒も自分が一番上手いと思って入ってくるんだ。周りの誰もが褒めてくれるし、自分は世界一の才能を持っていて、時が経てば当たり前のように画家になるんだと信じて疑わないような子供たちばかりだった。それ以外の道なんて頭になかった」

僕らはお互い意識し合った。絵画教室側も、そうやって同学年で切磋琢磨させることで、実力を伸ばすような相乗効果を狙っていたのだろう。

「でも、その中ですら、僕の絵はあまりに上手すぎたんだ」

当時の僕の才能は突出していた。特に色のセンスと独創的な発想が化学反応を起こし、創作物にリアリティ同然の命を吹き込むことができた。あの頃の自分の頭の中を覗かせて欲しい。きっと今の僕にはとうてい理解できないだろうが。

「必死に努力して僕に食らいつく子もいたけど、僕が通い出して一ヶ月、十人中七人が辞めてしまった」

僕の絵に羨望と嫉妬の眼差しを向ける同級生たち。自分は天才ではないのだと自覚して去っていく背中。敗北者たちの末路。それらは全て他人事だった。

風乃はうん、うんと何度も丁寧に相槌を打ってくれている。そのおかげで過去の記憶に沈み過ぎず、ある程度客観的に話せている。海原に向かって告白する僕を、心地よいリズムでサポートしてくれている。

僕は閉じた喉をこじ開けるように唾を飲み込み、続けた。

「……あるとき、僕のコンクール用の絵が真っ二つにへし折られる事件があったんだ。一ヶ月かけて描いた大作だった。被害届を出すかどうか聞かれたけど、断った。また描けばいいと思ったし、制作の過程が充分楽しかったから」

だから僕は、へし折られたキャンバスを見下ろしながらも、次は何を描こうかと考えていた。描きたいものは次から次へと湧いてきていた。

「でも、そうやってすぐに気持ちを切り替えた僕を見て、同い年の子が舌打ちをしたんだ。それで全てを悟ったんだ。犯人はその子だって」

僕を見て不愉快そうに顔を歪めた彼の表情は忘れられない。リスクを冒して作品を壊したのに、思ったよりショックを受けてない僕に苛ついたのだ。

人ってこんな顔をするんだ、と思った。もしかしたら、初めて他人の顔をしっかり見た瞬間だったかもしれない。それまでの僕は、キャンバスや画用紙しか見ていなかった。

「そのあとも、しばらく陰湿な嫌がらせが続いてさ」

絵筆を折られたり、絵具を画材にぶちまけられたり。自画像を描いたキャンバスに、ペインティングナイフを突き立てられたこともあった。暴力的な苛めこそなかったが、僕は逃げるようにその絵画教室を辞めた。

「それ以来、他人に絵を見せることがトラウマになったんだ」

僕の絵は、むき出しの才能は、これほどまでに人を傷つけてしまうのだと知った。

それから学校では絵を描かなくなったし、他人と衝突しないように調子を合わせて過ごしている。

そして、イメージだけで絵を描くこともできなくなった。

無意識に自分の作品を枠にはめることで、評価されないようにしたんだと思う。そうしているうちに、やがて何も思い浮かばなくなった。才能という不安定で不確かな何かは、綺麗さっぱり消えてなくなってしまった。かつての神童は、ただ上手いだけの無個性な秀才に落ちぶれた。

息が荒い。座って話しているだけなのに、全力疾走直後のような疲労感がある。視点が上下する。

でも、寄せては返す波を見て、その音を聞いていると、徐々に心が落ち着いてくる。

「そっか」

横から風乃の声が聞こえた。

その後、ひんやりしたものが頭の上に乗った。風乃の手だった。

「よく言えたさー。えらい」

まるで幼い子どもをあやすかのように、おだやかな手つきで頭を撫でられる。冗談ばかり言っていて大雑把な性格なのに、こんなときはどこまでも真摯で優しい。

人生がねじ曲がったトラウマだったのに、吐き出してしまいさえすれば大したことない話のように思える。なぜこんな些細なことを何年も一人で抱え続けたのだろうか。

風乃がいれば、僕はどんなハードルでも簡単に飛び越えられる気がした。

ふと、視界が滲んだ。

とっさに「これは、潮風が目にしみたからだ」と言おうとした。

でも風乃が何も言わず、何も聞かずに頭を撫で続けるので、つまらない言い訳は必要ないかと思い直し、泣いた。


森の影が岩場をおおい、水平線の向こうから夜の色が見え始めた頃、僕が言った。

「風乃、いつか東京に来なよ」

自分の本心を吐き出すことができた。風乃のおかげだ。彼女には感謝してもし尽くせないが、東京案内という形でなら少しは恩返しできると思った。

「あはは、京ちゃんに言われた？」

風乃が笑う。

「ああ、そういえば京花にも言われたんだった。でもそれは関係なくて、僕がただ案内したいんだ」

きっと風乃なら、僕が気付けなかった東京の良さを勝手に見つけて、誰よりも楽しんでしまうだろう。

「どうしようかなー」

彼女は首を捻り、足を振り子のように振る。

「次の冬休みとかどう？　雪が降るかもしれないし。志嘉良島には無くて東京にある唯一の自然だよ」

これだ、と思って言ってみた。風乃ならもっと食いつくかと思ったが、反応は控えめだった。

「それは……ちょっとは、見てみたい気がするかも。ちょっとだけ」

「美味しいものもたくさんあるよ。トミさんの料理には負けると思うけど、スイーツとか、風乃が初めて食べるものもきっとあるよ」

「初めて食べるもの？」

「うん。風乃はさ、僕と京花は将来の夢があってすごいって言ってたよね。風乃の夢はないの？」

そう尋ねると、風乃はゆっくりと視線を落とした。崖下の波がぶつかる様を見下ろし、呟いた。

「私の、将来の夢……」

近くを見ているような、それでいて遥か遠くを見ているような目で復唱する。

「料理とかしてみたらどう？　本格的に。食べるのが好きな人は、料理人としても上手くいくって聞いたことがある。トミさんの沖縄料理を学んで東京で店を開くとか」

我ながら必死すぎて滑稽だと思う。わざわざ東京での出店を進めているのは、向こうでも会いたいという僕の打算だ。でも妄想したら止まらない。

料理を覚えた風乃が、東京の下町で小さな店を開く。テーブル席が二つか三つ、あとはカウンター席しかないような小さな店。昼は沖縄そばを、夜は泡盛と何種類かのつまみを出す。社交的で朗らかな風乃は、きっと常連客からも評判に違いない。

そんなお店の奥にはアトリエがあって、僕が絵を描いている。お客さんたちは壁に並んだ志嘉良島の風景画を鑑賞しながら、まるで島にいるかのような空間で郷土料理を頬張るのだ。

儲けはほとんど無くて、ぎりぎり生活できるくらい。でも笑顔は絶えなくて。

妄想としても恥ずかしいくらいの、都合の良い幸せな光景が頭に浮かぶ。

一人で絵を描いていられたらそれで良いと思っていた僕が、誰かと一緒にいる未来を夢想するなんて。

「どうかな。あくまで僕の意見だけど」

風乃は何も言わない。表情も読めない。暴走し過ぎたかな、と少し後悔した。

「……将来の夢、考えとく。そろそろ帰らないと。夜の森は危ないさ」

やっと口を開くと、そう言って立ち上がった。

微笑んでいたので、うっとうしくて話を切り上げたわけではなさそうだ。

「うん。もし決まったら教えてよ。僕も、全力で風乃を応援するから」

僕も立ち上がる。本心だった。そこに僕がいなくてもいいから、風乃の夢を応援したい。他人のために一生懸命になれる風乃の夢が叶わないなんて嫌だ。

離れ島の御嶽には行けなかったが、僕らは南風荘に戻ることにした。

しかし、ガジュマルの森を抜けた先で、水色の運送屋の制服を着た大地さんが立っていた。腕を組み、今にも飛びかかって来そうなほど激昂した表情で。

「……おい、この森の先で何してたか？」

鋭い眼光、額に浮いた青筋。押し殺すような声が逆に恐ろしく、鳥肌が立つ。

『島民にとって神聖な場所だから、近付いたら大地にいにいに殴られるかも』という風乃の言葉を思い出す。

「や—、まさか御嶽に行ってないだろうな？」

大地さんの太くて長い腕がすっと伸びてきて、僕の胸ぐらを掴んだ。掴まれた、と認識した瞬間、脳が揺れたかと思うくらいのスピードで大地さんに引き寄せられる。

ひっ、と僕の口から声が漏れた。

「大地にいにい！　やめ……」

止めようとした風乃の声は途切れた。

内臓に激痛が走る。

口の中を胃液が満たす。

横顔に砂の感触があり、僕は地面に倒れたのだと気付いた。

続けて、全身に力が入らないこと、呼吸ができないことを理解し。

最後に、ああ腹を殴られたんだ、という事実を呑み込んだ。

「やめて！」

揺れる視界に、チカチカと光の粒が舞っている。風乃が横たわる僕に覆いかぶさるように、大地さんとの間に入った。

「風乃、何のつもりか？　もうウークイまで十日もないど。いつまでよそ者と一緒にいるか？」

大地さんのドスをきかせた声が降ってくる。

「知ってるし！　そんなの私の勝手だし！」

風乃が強い語気で返事した。

「昨日帰ってこんかったらしいな。みんなで探したど。まさかこいつと」

「何もしてないし！　大地にいにに関係ある⁉」

動けない僕には、大地さんの顔も、風乃の顔も見えない。

「……風乃、何のために俺が青年会に入ったか分かるか？　一ヶ月前にやーが言ったこと、もう忘れたか？」

大地さんの声は先程よりいくらか落ち着いていて、風乃に言い聞かせるようなトーンだった。

風乃が沈黙する。

僕は頭がうまく回らなくて、言葉を耳でとらえてはいても理解はできていない。羽をもがれた虫みたいに、地面でうごめくことしかできなかった。

やがて、風乃がか細い声量で、でもどこかはっきりした口調で言った。

「……海斗は、志嘉良島が好きだって言ってくれた。それがでーじ嬉しかった。私にとって、この島は私そのものだからさ。まるで私のことが好きだって、告白されてるみたいだった」

「だから気が変わったか？」

「違う！　そんなことが言いたいんじゃないし！」

僕は何とか首を動かして風乃を見上げる。ぐるぐると粘っこい液体をかき混ぜているような景色の中、風乃の首筋のあたりが汗ばんでいるのが見えた。そんな彼女を、相変わらず険しい表情で大地さんが見下ろしている。

「……言っとくが、もう止まらんからな。青年会や島民だけじゃない。ここらへんの離島のユタ、全員が見てるど」

最後に大地さんがそう言い残して去って行った。

「海斗、大丈夫？」

殴られたお腹に、風乃の手が乗る。視界はまだ上下が分からないくらいグラグラと揺れている。でも風乃に手を当てられていると、徐々に落ち着いていった。

「……ありがとう。いてて」

かろうじて上体を起こす。腹を一発殴られただけでこんなふうになるなんて。もし顔を殴られようものなら死んでしまう。

「うん、……ごめんね。その、私……、私ね」

「ふう、よく聞こえなかったけど、やっぱり御嶽って大事な場所なんだね」

深呼吸して言った。いまだ五感は曖昧で、今すぐ横になりたいくらいきつかった。

風乃ははっとしたように目を見開いて、ゆっくり頷く。

「うん……、うん。そうさ。しかももうすぐお盆だから、神経質になってるさ。沖縄にとって、お盆は一年の中で一番大事な行事って言ったじゃない？ それ、沖縄ではご先祖さまが神様になるって言われてるからなんだ。ご先祖さまを迎えるのは、神様を迎えるのと一緒だからさ。特に今年は、一ヶ月前の台風で島の人が何人も亡くなっちゃってから、初めてのお盆だから……」

そういえば志嘉良島に来た次の日にニュースで観た。

一ヶ月前、台風による高潮被害で数名の島民が亡くなったと言っていた。

「だから今年のウークイはいつもより規模が大きいさ」

「ウークイって、二十二日にあるっていうやつ？」

「うん。お盆の最終日で、ご先祖さまを送り出す日のこと。今年は家ごとじゃなくて、青年会が中心になって島単位でやることになってるさ。そのリーダーの大地ににいには、ウークイを滞りなく行う責任があるんだ。本当にごめん。私が御嶽に誘ったから。不用意だったさ」

「そんなことないよ。知らなかった僕も悪いし、守ってくれてありがとう。風乃がいなかったら一発じゃ済まなかったよ」

大地さんや島民たちが、僕を邪険にする理由がやっと分かった。大事な行事前、何をしでかすか分からない無知なよそ者は邪魔でしかないからだ。

僕は神様なんて信じていないし信仰心も無いけど、実際に人が亡くなっているセンシティブな話なら納得するしかない。たとえ縁のない赤の他人の葬式でも、空気を読んで粛々とするくらいの常識は持っている。

膝に手をついて立ち上がる。よろけて転びそうになったが、風乃が二の腕を摑んで支えてくれた。

「大丈夫？」

「うん、何とか歩けそう。帰ろう」

南風荘まで、足元がおぼつかない僕に合わせて、風乃はゆっくり手を引いて歩いてくれた。何度も胃液を吐き出しそうになったし、海の中にいるみたいに体がふわふわしている。普段なら一歩も動けないくらいきつかったが、風乃のおかげで歩けた。

すっかり日は落ちている。でも星明かりが足元を照らしている。

風乃が横にいると、夜の景色すらもマーメイドブルーに見えた。

トラウマを吐き出せて楽になった。大地さんに殴られて痛かった。志嘉良島の大事な部分に触れた。いろいろあったが、僕の頭をたった一つの確信が埋め尽くしていた。

それは、「きっと僕はこの景色を描くために今まで絵を描いてきたんだろう」ということだった。

三　マーメイドブルーを描いて

次の日、僕はトミさんに許可を得て、南風荘の車庫を作業場にした。百号のキャンバスを壁に立てかけ、床に新聞紙を敷く。車庫に入っていたワゴン車は外に出し、トミさんが入り口を隙間なく塞ぐように駐車してくれた。外からは何をしているか分からないようになったので、制作の間は集中できそうだ。

問題になるのは暑さだ。縦横一メートルほどの小窓を開けて扇風機を回してはいるが、こまめに水分をとらないと熱中症で倒れてしまうかもしれない。

以前大地さんが届けてくれたダンボールを開封し、絵具やパレット、絵筆、溶き油などを用意する。準備は整った。

普通はキャンバスに描く前に構成を練る。クロッキー帳という下書き専用のノートに、作品をより良くするために何種類もの構成をラフな線画で試し描きしていく。人によっては実際の制作時間よりテーマを考えて構成を練る方に時間を費やすという。僕はもともと見たものをそのままにしか描けないので、構成には時間をかけないタイプだ。普段は一通りパースを取って色の印象だけ決めたら、すぐにキャンバスへの下塗りに入る。

しかし今回はそれすらも必要としなかった。頭の中に、描くべき構成と使いたい色が写真のように焼き付いているからだ。

志嘉良島に来てから今日まで、グランプリの絵を描くのを先延ばしにしてきた。風乃に会う口実のためというのもその理由だが、もっと根深い理由が二つあった。

一つは、コンクールに出すのが、つまり他人に見られるのが嫌だったから。これは風乃に話した、過去のトラウマが原因だ。

そしてもう一つは、自分の集大成となる作品を作り上げた結果、結局いつも通りただ上手いだけの凡作になってしまうのが怖かったから。そうなったら秋山さんに、何より自分自身に、心底がっかりされてしまうから。

正直、その二つが綺麗さっぱり解消されたわけではない。きっと絵を描き続ける限りその気持ちが無くなることはないだろう。

しかし、それでも僕は今この瞬間、絵を描きたいと思う。

頭の中にあるものを、絵筆を通してこの世に生み出したいという欲望。どんな恐怖よりも強いそれは、絵描きにとって最も必要なものなのではないかと思う。

パレットに油絵具をひねり出す。カッティングナイフで混ぜ合わせる。赤系と黄系の数種類を混ぜたオレンジに近い淡い暖色を作り、真っ白の百号のキャンバスに荒々しく塗りたくった。

縦百六十二センチ、横百十二センチの百号サイズのキャンバス。

このサイズは一般的に見てもかなり大きい部類だ。一概には言えないが、コンクールでは作品が大きければ大きいほどインパクトを与えることができ、評価が高くなる傾向にあるという。制作時間が必要になるし、その分構成のバランスが難しいのだが、作品のサイズを大きくするのは受賞を狙うには手っ取り早い方法だ。これは秋山さんからのアドバイス。

僕は右上から左下にかけて、縦にカッティングナイフを走らせた。たまにタッチの角度を変えたりして、無造作な印象を作り出す。

この過程は下塗りという。一度キャンバスをオレンジで埋め尽くした後に、上から本来描くべきものの色を重ねて覆いつくす。そうするとオレンジは見えなくなるのだが、それは決して無駄な作業ではない。油絵の特徴である深い色合いは、何色もの色のかに透けるオレンジ色が暖かな印象を与えてくれるのだ。

たぶん絵具が顔に付いただろうけど、汚れるのをいちいち気にしていたらきりが無い。

下塗りが終わり、細い木炭を使ってざっくりと下書きをする。

キャンバスを横に二分するように、中央に薄く線を引く。美しいデザインには、黄金比と呼ばれる共通する比率がある。それは一対一・六一八と言われていて、同じような絵でも、それに則っているかどうかで直感的な良し悪しの判断が左右される。

上と下に分け、その上の部分をさらに黄金比で横に分断した。木炭を優しく握り、それぞれに必要なモチーフを細かく描いていく。下塗りとは違って繊細な作業だ。

「海斗！　全然飲んでないじゃないかい」

さんぴん茶が入った一リットルのポットを持ってきたトミさんが声をあげた。

キャンバスの中の世界に没頭していた僕は、急遽現実に引き戻される。その瞬間、今まで意識していなかった疲労が全身を襲う。特に顕著なのが脱水症状だ。

絵を描く前、トミさんが水分補給用として置いてくれたさんぴん茶のポットが少しも減っていない。絵に夢中になるあまり、一滴も飲まなかった。

「……っ」

喋ろうとしたが、舌が喉に張り付いて声が出ない。目眩がして、僕は浴びるような勢いでお茶を飲んだ。

トミさんに厳重注意を受け、絵具を乾かさないと先に進めないこともあり、今日のところは作業を止めた。朝九時から夕方七時までぶっ通しで描き続けた。僕は用意してくれていた夕飯を一瞬で飲み込んで、すぐに横になった。

絵を描く以外のことを考えたくなかった。

今までと違う描き方をしているので、出来上がるものが本当に良いものになるかは分からないが、とにかく楽しみでしょうがなかった。

次の日も同じように車庫にこもった。

今日は荒描きの行程に入る。文字通り、ざっくりとした陰影をつけていくことで絵を具体的にしていく作業だ。

全体に青系統の色をまばらにつけていく。それに左下から右上へ広がっていくように、ビリジャンのチューブを絞って緑色を落とす。下は青を濃く、上は緑がメインになるように。

下部分には志嘉良島の特徴的な赤瓦屋根の集落を描く。それらが海に沈んでいるイメージだ。右上の海面から降り注ぐ太陽の光が透過し、海底の集落がひっそりと妖しく佇んでいる。

周囲の揺れる海藻や珊瑚礁に陰影をつける。岩には苔が生えている。イメージとはいえ、実際に海に潜って海面を見たときの映像を参考にしている。その経験がなかったら思いつけなかった。もしイメージできたとしても、嘘臭い絵になっていただろう。

海を平面から立体にするために、ただよう波の動きをタッチで表現する。メインカラーは緑から青へのグラデーションだが、中には白、黄色、黒、灰色、オレンジなどを細かく配置する。

油絵は光を描くもの。光は単一の色ではなく、様々な色の集合体だ。

肉眼で見ると海は黄色には見えない。しかし知覚できないだけで確かに色が存在している。そういった色を乗せることで、ただの青より海らしく見えるのだ。

もしイメージと違っていたらやり直せばいい。水彩画と違って、油絵は何度でもやり直しができる。今までそれをメリットだと感じたことはなかったが、今回は何度も実感した。

ふと気がつくと、辺りは真っ暗だった。車庫のコンクリートの床に倒れて寝ていたらしい。トミさんに気付かれる前で良かった。見つかっていたらついに絵を描くのを止められていたかもしれない。気を失うほど没頭するなんて、生まれて初めてだ。

三日目、いよいよ細部の描写と仕上げに入る。

右上の陽光が降り注ぐ場所と左下の海底に沈む集落の間に、上半身は女性、下半身は魚の『人魚』を描き込む。

人魚が海面に向かって鼻歌を奏でる。

自分でも恥ずかしいと思うが、これは風乃だ。僕を光に向かって引っ張ってくれたのが風乃だからだ。

まるで思春期の中学生が、好きな子をテーマにしてオリジナルソングを作詞作曲するようないたたまれなさ。それと全く同じことをしている。

でも、何よりもそれを描きたいと思った僕がいるのだから仕方ない。

描くためにテーマを探すのではなく、テーマを表現するために描く。中学の頃にできなくなった、作品に感情を込める方法を周回遅れでやり直している気分だ。そういう意味ではこのいたたまれない行為も、子供の頃の感性を取り戻せた証拠だと言えるのかもしれない。

キャンバスの中で、陽に照らされた人魚の風乃が歌う。彼女からこぼれ落ちる光が、海底の志嘉良島に降り注ぐ。

果たして、この絵の出来が良いのか分からない。

しかし観ているとなんだか赤面してしまうし、心がざわつく。

上手い以外の感想を抱けなかった、今までの僕の風景画作品とは全く違う。

全てのモチーフを丹念に描き込んでいく。特に人魚は妥協しない。風乃をこの世界へ具現化するのだ。僕が指先に蓄積させてきた経験と感性の全てを込める。

頭の中の景色と、一ミリの誤差も許さないつもりで。

後は全体の色調を整え、細かい修正のみとなった。

キャンバスから遠く離れて腕を組みながら作品を俯瞰していると、窓の外からガラスが割れる甲高い音がした。

外を見ると、トミさんが濡れた地面にしゃがみ込んでガラスの破片を拾っていた。さんぴん茶のポットを落として割ってしまったらしい。

「大丈夫ですか？」

　窓枠に手をついて問いかける。トミさんはびくっと肩を震わせた。

「……あ、ああ。大丈夫さ。気にしないでおくれ」

「でも手が震えてますよ」

何をするにも手際良いトミさんにしては珍しく危なっかしいので、僕は窓を乗り越えて一緒に片付けを手伝った。

「あれ、どういうつもりだい？」

トミさんが呟く。視線が僕にも絵にも向いてないので、何のことかすぐに分からなかった。

「あれ？」

「あの人魚の絵だよ」

「ああ、変ですか？　一応ほとんど完成したんですけど」

トミさんは一度立ち上がり、窓から車庫の中の絵を見た後、また座り込む。

「……いや何でもない。気にしないでおくれ。たった三日で描き上げるなんて、大したもんだね」

そうして破片を集め終え、釈然としない様子のまま戻って行った。

なんだか不安になるリアクションだ。やっぱり客観的に観て、良くないのだろうか。

トミさんは以前、僕のデッサンを上手いと褒めてくれた。なのにこの人魚の絵に関しては描き上げたスピードを讃えただけだ。

しかし今さらやり直すなんてできない。

そんな時間も労力も無いし、込めた感情に嘘はない。もしグランプリの結果が悪かったとしても、落ちるならこの絵で落ちたい。僕はとにかく仕上げまで終わらせた。

こうして、志嘉良島に来た目的である丸の内ジェネシス・アートグランプリ用の絵が完成した。

この時点で、八月十六日。東京に帰るまであと四日となっていた。

翌朝は、いつもより風が強い日だった。

「今日、風乃が来るよ」

トミさんが教えてくれた。

「そうなんですか」

さも何とも思ってないかのように返事した。最後に会った日、風乃は三日ほど会えないと言っていた。だからこそ百号サイズの絵を、全身全霊を込めてたった三日で完成させたのだ。ちゃんと完成した絵を観せたかったから。

「海斗、風乃から聞いたのかい？」

「何をですか？」

よく分からない質問だった。僕は聞き返しながら、座布団に座る。トミさんは僕の斜め前に座り、無言でさんぴん茶を注いだ。しばらく自分の手元を見つめた後、立ち上がった。

「あの絵の人魚、風乃だろう？」

そりゃバレるよな。恥ずかしくて、首の後ろをさすりながら頷く。

「はい、そうです」

「知らずに描いたのかい」

トミさんはため息をついた。

「……何か問題があるんですか？」

何かやらかしたような雰囲気だ。昨日、完成間近の絵を見たときからトミさんはどこかよそよそしい。

「いや、いいさ。何でもない」

そう言って、台所に向かって行った。

僕は疑問に思いながらも、朝ご飯を食べ終えた。

「海斗、はいたい！　久しぶりー！」

三十分後、勢いよく玄関から駆け込んでくる足音が聞こえた。風乃だ。

「うん、久しぶり」

声が変に上擦らないように気をつけて、丁寧に返事する。毎日会っていたとはいえ、たった三日会わなかっただけでこんなに恋しくなるなんて。自分でも笑ってしまう。

「私がいなくて寂しかったでしょ！」

びしっと指を差して言われたので、「寂しかったよ」と答えた。

「え、素直」

意外だったようで、きょとんとしている。

「風乃に見せたいものがあるんだ」

「お、おう。何？」

もちろん、人魚の絵のことだ。京花が将来歌手になりたいと思っていることを僕経由で知ってしまったとき、風乃は寂しそうだった。

親友に将来の夢を内緒にされていたのは辛かっただろう。だから僕は完成した絵を見せて、その後に改めて「将来画家になりたいんだ」と、自分の口で伝えたかった。

僕が立ち上がると、台所にいたトミさんが慌てて居間に戻ってきた。

「海斗」

珍しく声に焦りがある。トミさんは僕と風乃を交互に見て、何度か言葉を飲み込む。

そして諦めたように息を吐きながら呟いた。

「……熱中症には気をつけるんだよ」

「分かりました」

「了解ー！」

僕と風乃は南風荘を出て、裏手の車庫に向かった。

「グランプリの絵、昨日完成したんだ」

「え、もしかして見せてくれるわけ⁉　完成しても見せないって言ってたのにー！」

「うん。さすがにあれだけ案内してもらってそれは悪いからね。それに、風乃に見てほしいんだ」

「あはは、照れるなあー。じゃあ私が審査してあげる！」

風乃は腕を顔の高さまで振り上げて、目を輝かせながら早足に進む。心底期待している顔だ。

一方、僕の心境は穏やかではない。風乃にあの人魚の絵を見せるということは、好きな子に向けて書いたラブレターを、本人の目の前で朗読するも同然だ。もし気持ち悪いと言われたらどうしよう。でももはや関係ない。

僕は絵を見せたら、風乃に自分の気持ちを伝えるつもりだ。

他人の評価を気にせず、自分が描きたいものを描けるようになった。それは何よりも尊い。そう導いてくれたのは風乃だ。だからたとえ結果がどうなろうとも風乃に告白する。

大方振られるだろう。できれば気まずく拒絶されるよりは、いつものようにあははと笑われたい。風乃は自分勝手に見えて案外気配りができる子なので、深く傷つくような言い方はしないはずだ。

「車庫の中にあるんだ」

「へー。……えっすごっ⁉　大き……っ⁉」

風乃は車庫に近寄りながら、窓から覗くように首を伸ばした。絵を見て、驚いて走り出し、勢いよく窓枠に手をつく。

中の壁に立てかけられている絵を見て上半身が前のめりになったが、そこで動きをぴたりと止めた。

「まだ絵具が完全に乾いてないから、触らないでね」

固まる風乃に、背後から言った。

彼女の性格なら、てっきり窓を乗り越えて近付くのかと思った。

しかし今、何も言わず、硬直している。

僕はそんな風乃の背中を眺めている。

……なぜ動かないんだ？

これはどういう心情からくるリアクションなんだろう。

人魚のモチーフが自分だって気付いたのかな。さすがにこれだけ似てるし、気付くか。

気持ち悪さのあまり言葉が出ないのだろうか。

すでにピークに達していた僕の鼓動は、限界を突破して疾走している。

気まずい。

せめて何か言ってくれ、と心の中で叫ぶ。

僕は風乃越しに人魚の絵を眺める。

その絵はマーメイドブルーの海底に沈む集落と、そこから浮き上がる人魚、そして海面から降り注ぐ太陽光があざやかな色彩で表現されている。

制作時間は三日だが、人生で習得してきた技術と感性の全てをキャンバスに込めた。

これを否定されたら傷つくぞ。

そう思いながら、横からおそるおそる風乃の顔を覗き込む。

予想としては、引いたような怪訝な表情。

奇跡が起きたとして、絵の出来が良すぎて琴線にふれ、感動して言葉が出ないでいるかのどちらかだ。

そんな僕の予想は、どちらも外れた。

「……最低」

風乃が呟いた。

絵を見つめる瞳から、涙がこぼれていた。

「……え、な……、え？」

思考が止まり、フリーズする。理解が追いつかない。

風乃が振り向く。

見開いた左の大きな瞳から、頰にかけて雫がゆっくりと伝っていく。

右の瞳も涙がたまっていて、光を反射してゆらゆらと揺れている。

「最低だよ」

風乃はもう一度、今度は面と向かって言った。聞き間違いかもしれないというわずかな希望さえも打ち砕かれ、僕は頭が真っ白になった。

風乃は親指の腹で荒々しく涙を拭い、走り去って行った。

僕は彼女の背中を目だけで追いかけながら呟いた。

「……最低？」

湿った風が、一人になった僕の体を揺らした。

＊

風乃に拒絶されたショックで、僕はその日一日寝込んだ。

翌日、台風が近付いてきているというニュースを観て、意識が虚ろなまま、のそのそと車庫を片付け始める。

人魚の絵はトライウォールという強化ダンボールに梱包（こんぽう）した。進路がかかったコンクール応募作なので、本来なら丁寧に包むが、かなり荒々しく詰めてしまった。

それくらい、全てがどうでも良かった。

予報通り、次の日には台風が志嘉良島を直撃した。強風によって雨戸が震える音を聞きながら、真っ暗な部屋の中で膝を抱えて過ごした。

風乃に会いに行くべきか？

「最低」と言われた理由を尋ねるべきか？

何度も自問自答しては、台風で外に出られないことを言い訳にして諦める。どうせ理由は単純だ。僕の絵が嫌だった、それ以外ない。自分の感情の全てを込めた意欲作だった。それを否定されたことは、僕自身を否定されたに等しい。

失恋の二文字が頭に浮かぶ。はっきり告白できたとして、受け入れてもらえる自信があったわけではないが、まさかこんな振られ方をするとは。

それに、風乃を傷つけてしまったことが何よりも悲しい。天真爛漫な彼女の泣き顔は、一生忘れられないだろう。

うじうじしているうちに、あっという間に二十日を迎えた。志嘉良島から去る日だ。

朝一の船で石垣島に行き、秋山さんと合流し、今日のうちに東京に帰る予定になっている。画材は来たとき同様、東京まで運送してもらった。しかし絵の方は秋山さんがどうしても直接確認したいとのことだったので、手荷物として抱えて船に乗ることになった。

「トミさん、お世話になりました」

ワゴン車で港まで送ってもらい、梱包されたキャンバスを下ろす。縦百六十二センチ、横百十二センチものダンボールは、持ち運ぶのも一苦労だ。
僕が頭をさげると、トミさんは運転席に座りながら、いつも通りの無表情で言った。

「もし良かったら、また来ておくれ」

「はは、そうですね」

曖昧な返事をした。今だって、風乃が見送りに来ていないことにほっとしている反面、本当に見込みは無いんだなと絶望して、内心ぐちゃぐちゃだ。

「もし息子に会ったら、たまには帰って来いって伝えてくれないかい?」

トミさんが開いたウインドウに肘を置いて言った。

「僕は息子さんと直接の知り合いじゃないんですけど……、美術関係の仕事をしてるなら僕の先生が知ってるかもしれないので、伝えてもらいますね」

「すぐに繋がるさ。……海斗はあんな絵を描いてしまったんだからね」

そう予言めいたことを言い残し、ワゴン車は砂煙をあげて土の道を走って行った。

僕は、大きくて平らなキャンバスが風に煽られるせいでジグザグに歩きつつ、何とか高速船に乗り込んだ。

客室には誰もいなかった。というか、この船に客が乗っているのを見たことがない。

まだ出港していないのに、グラグラと揺れている。ノイズ混じりのラジオの音声がやけに大きく聴こえる。そこから流れる天気予報が言うには、昨日去った台風に引き寄せられるように、南西の方角から二つ目の台風が近付いて来ているらしい。どうやらあと二、三日で志嘉良島に直撃するとのことだ。

汽笛が鳴り、船が動き出す。揺れがきつくて気分が悪くなったので、風に当たろうと甲板に出た。

風は強いが、まだ天気は悪くない。空は晴れている。まばらに薄い雲が浮かんでいて、志嘉良島の方向に流れていく。

何気なく、島の方を見た。

——そこで、僕はぞっとして体を固めてしまう。

船は港から五十メートルほど離れた辺りだった。船着場にはあと二艘の高速船と、いくつかの小さな漁船が停泊し、波で規則的に揺られている。

そんな港から少し離れた海岸沿いに、島民たちがずらりと並んでいた。

数十人、いや、もしかしたら百人以上いるかもしれない。表情などは遠くて見えない。誰が誰だかは分からない。でも全員がこちらを向いていて、この船を見ていることだけは分かる。

まるで、僕が帰るのを確かめているかのようだ。

風乃と一緒に島を回っていた間に出会った、島民たちの態度を思い出す。風乃とトミさん、そして子どもたち以外は誰もが舌打ちし、いつ帰るかばかり聞いてきた。風乃が「あはは、ごめんね」と明るく謝るので何とも思わなかったが、いくらウークイという大事な行事があるとはいえ、ここまで邪険にされるとさすがに腹が立つ。ダンボールに梱包されたキャンバスを海に放り投げてやろうかと思った。その後に「二度と来ないからな、田舎者ども！」と叫んでやろうかとも。

さすがにそれはしなかったものの、僕はげんなりして落ち込んだ挙げ句、船酔いして海に胃液を吐いてしまった。

一時間後、石垣港に到着した。船から船着場に降りると、人気のない港に一人の女性がキャリーケースを横に置いて立っているのに気付いた。つばの広い帽子にサングラス、真夏にも関わらず全身長袖長ズボン。肌を一切出さないという強い意気込みを感じるその女性は、僕を見て叫んだ。

「海斗！」

その声に聞き覚えがあった。というか、かなり印象強く残っている声なので、すぐに誰か分かった。

「京花」

彼女はサングラスを外し、眩しそうに目を細めて駆け寄って来た。

「今から志嘉良島に帰るの？」

「そうよ。っていうか何よ、その荷物？」

「これは、その……」

キャンバスのことだ。僕が言い淀むと、彼女は思い出したように言い当てた。

「もしかして、コンクールの絵？」

「風乃に聞いたの？」

京花に話したのか。最低、と言われた瞬間のことを思い出して体が強張る。どんな愚痴を聞かされたのだろう。

「電話でね。そのために海斗に志嘉良島を案内してるんだーって、楽しそうに話してたわよ」

「案内してるってことは結構前だよね。僕のスマホで話したとき？」

「ええ」

僕はそっか、と呟いた。僕が失恋する前の話だ。ということは、愚痴を聞かされるのは今日帰ってからか。

落ち込んでいると、京花がダンボールをじろじろと見つめながら催促してきた。

「あんたの絵、観せなさいよ」

「嫌だよ。恥ずかしいし、何て言うか、とにかく嫌なんだ」

描き上げた直後は人生の集大成となる作品だと思ったが、今やグランプリに出すことすら躊躇（ちゅうちょ）してしまう。

「何よ、私だって恥ずかしいのを我慢して歌ったのよ。なのにあんたは観せないなんて不公平じゃない。それに海斗の絵、純粋に興味あるわ」

京花が目を細める。大人っぽい顔が、いたずらを企（たくら）む子どものように変わる。観せないなら勝手に観るわよ、という心の声が聞こえてくる。

「本当に嫌なんだ。これは最低な絵だよ。そう風乃に言われたんだ。泣かれたし」

すると京花は一転して表情が変わり、眉をひそめた。

「風乃が……泣いた？」

信じられないという顔だ。僕だっていまだに信じられない。いつも太陽のように朗らかだった風乃が、泣くなんて。

そのうえ彼女の口から何かを貶すような言葉を聞いたのは初めてだった。だからこそ余計に傷付いてしまった。

僕らが黙り込んでいると、船の汽笛が鳴った。まもなく出港するらしい。京花は僕とダンボールを交互に見たあと、体を船の方に向けた。

「とにかく、また連絡するわ」

そうして船に乗り込んで行った。

港の外に出た。石垣島は、志嘉良島周辺に比べて風が穏やかだった。台風の影響はまだ受けていないらしい。以前来たときと同じく、これぞ南国の夏という感じで賑やかだ。多くの観光客と地元住民が行き交っていて、大きなダンボールを抱えた僕を眺めていく。

だがその視線に、志嘉良島のように陰気で攻撃的な感じはない。沖縄では旧盆が一年の中で最も大事な行事らしいが、同じ沖縄の離島と言えども、ウークイに対する意気込みにはかなりの温度差があるようだ。

「何だその顔は？　夏バテにしても酷すぎる」

待ち合わせしていた秋山さんは出会うや否や、僕の覇気のない顔に呆れた。

「そう言う秋山さんも顔が変わってますよ。少し太りましたか？」

秋山さんは僕とは対照的で、活気に満ちた表情だ。ハイビスカスがプリントされたかりゆしウェアを羽織り、ボリューミーなアフロヘアーの上にちょこんと麦わら帽子が乗っている。いかにもバカンスを楽しんでいるという感じで憎たらしい。

「ニューデリーに行ってたんだ。知ってるか？　インドの首都だぞ。本場のカレーはスパイスが違う。石垣から直行便があるんだが、いやー、インドはいい。金になる」

明るい声だ。画商として一儲（ひともう）けしたようで、充実した二十日間を過ごしたらしい。

僕が失恋している間に。

「そうですか。早く空港に向かいましょう」

辟易（へきえき）して歩き出そうとすると、秋山さんが止めた。

「那覇への飛行機は出てないぞ。台風でな」

「え、こんなに晴れてるのに？」

空を見上げる。痛いくらいの陽射しが降り注いでいる。

「志嘉良島に昨日台風が直撃しただろ？　あれが北上して、今ちょうど那覇の上空にあるんだ。そのせいで那覇着の便が概（おおむ）ね欠航になってる」

「じゃあどうするんですか？」

「明後日（あさって）の便を取り直した。ホテルは予約してある。歩いてすぐそこだ」

「そうなんですね。ありがとうございます」

「人魚の絵、そこで観せてもらうぞ」

「……はい」

秋山さんには、事前にスマホで撮影した写真を送っている。その際は特に批評されることはなく、とにかく直接観せろという話になった。

今のところ、この絵は誰にも褒められていない。得られた反応は、泣くほど嫌がられた一件だけだ。

憂鬱なまま、ホテルまで歩いた。暑さと緊張で汗だくだった。


ホテルの一室で、僕は梱包を解いた。

マーメイドブルーの人魚の絵が、ダンボールから放たれた。

「すいません秋山さん。せっかく志嘉良島まで連れて行ってもらったのに、こんな絵しか描けなくて」

そう言うと、秋山さんは返事をせず、まずその場で口を開いた。しかし何も言わず、難しい顔で下唇を噛む。次にキャンバスの右上の光の部分から、左下の集落へと視線を移動させる。絵に近づき、舐めるように観て、さらに部屋の壁に背中がつくほど下がって、全体を俯瞰した。

「あの、もう出すのやめますか？　運送にもお金がかかるし……」

褒めるときも貶すときもはっきり口に出してくれる秋山さんですら何も言ってくれない。腕を組んで黙り込んでいる。不安が増していく。

やがて、真顔で僕の両肩に手を置いた。

「海斗、人生が変わる覚悟をしておけ」

「は？　どういう……」

「この絵は紛れもない傑作だ！」

そのあと、秋山さんが知り合いの業者に連絡し、絵を回収してもらった。台風が那覇上空に停滞しているのですぐには応募できないだろうが、グランプリの締切は八月末までだ。充分に間に合う。

業者と共に秋山さんも出て行ったので、僕は一人でベッドに横になった。

傑作？

最低と言われたあの絵が？

いまいち信じられない。でも秋山さんのあんな褒め方は初めてだ。

もし人魚の絵がグランプリで入選したら、きっと東京美術大学の推薦も取れる。絵を仕事にできる人生が待っている。それは喜ばしいことだ。僕はそのために沖縄に来たのだから。そう頭では分かっている。

あの絵はグランプリに出すために描いた作品で、そこで評価を下されるもの。でも、僕の中ではすでに審査は終わっている。

風乃があの絵を観て、涙をこぼした瞬間。あの顔が、僕にとっての審査結果だった。秋山さんやどこぞの高名な審査員に認められるより、僕はただ一人、風乃に認められたかった。褒められたかった。

僕の価値観は、たった一人の女の子に左右されるような不安定なものだった。こんなメンタルで、画家としてやっていけるわけがない。

僕は思い出したように、京花に頼まれていた絵の写真を送った。京花の歌を聞いたのは事実なので、観せる義理はある。目の前で直接観られるのは嫌だが、画像ならまだ耐えられる。

窓から射し込んでくる眩しすぎる光を遮るため、僕は右腕を両目の上に乗せた。京花から返事が来ても無視するつもりだったが、そもそも返事はなかった。そのうち、気が付いたら寝ていた。

次の日、秋山さんにリゾートホテルのフレンチに連れて行かれた。どこもかしこも賑やかな石垣島には不似合いなほど洗練された客層に、高級感のある上品な室内装飾。いかにも一流のホテルという感じだ。

秋山さんは珍しく背広を羽織っている。髪はいつも通りボサボサのアフロヘアーだが、画商として普段からお金持ちとの付き合いがあるからか、堂々としている。

丸いテーブルには僕と秋山さんが座っていて、もう一つ椅子がある。紹介したい人がいるとだけ聞かされて来たが、ここまで厳粛な雰囲気だとは思わなかった。きっと相当な立場にある人に違いない。

「初めまして。君が海斗君だね」

現れたのは、五十代ほどの物腰柔らかそうな笑顔の紳士だ。

ブランドもののキャメルブラウンのスーツを身に纏い、髪はきっちり七三分けにしている。しかし近寄り難い印象はなく、下がった眉、目尻のシワなどから優しそうな雰囲気が醸し出され、どこか親近感がわく見た目だ。僕は立ち上がって頭を下げた。

「高木海斗、高校三年生です」

「礼儀正しいじゃないか。秋山の生徒とは思えないな」

その紳士は目を見開いた。爽やかに笑いながら、お互い椅子に腰かける。タイミングを計ったように、ウェイターが二人のグラスにワインを注いだ。僕の分はミネラルウォーターだ。やけに細長いグラスに入っていた。

「俺は名ばかりの講師ですよ」

三人で軽くグラスを合わせて口をつけた後、秋山さんが人差し指で頬をかいた。

「あの絵にもアドバイスしなかったと？」

「あれは間違いなくこいつ一人の力です。俺はテーマも聞かなかったし、制作過程を見てもいませんでした」

「ほう」

紳士が唸り、僕を品定めするように見つめる。秋山さんが説明を続けた。

「講師としてまともに指導をしたのは中学の間だけでしたね。高校に入ってからはただ画材を補充する役をしています。大体の技術的なアドバイスはすぐ身につけ、同じ指摘を二回したことがない。自分をさらけ出せないところが唯一の欠点でしたが、人魚の絵を見れば分かる通りそれも克服されました」

「確かに。あれは傑作だった」

どうやらこの人は僕の絵を観たらしい。それを知ると、急に居心地が悪くなってくる。秋山さんが一向に紹介してくれないので、僕から切り出した。

「あの、秋山さん、こちらの方は？」

「おい秋山、説明してないのか」

「びっくりさせようと思いまして」

紳士は苦笑して頭を下げる。

「私は宜野座昇陽。『丸の内ジェネシス・アートグランプリ』の審査員長だ」

宜野座昇陽、という字面を思い浮かべる。そういえばグランプリ応募要項の欄にそんな名前を見た気がする。審査員長ということはそれなりに有名なアーティストなのかもしれないが、何の作品も思い浮かばない。秋山さんが事前に教えてくれていたら、リサーチして来られたのに。

「大丈夫、知らないのも無理はないよ。私自身は大した作品を残してないし、今は単なる教育者の一人だからね」

「はあ、そうなんですか」

顔に出てしまっていたようだ。秋山さんが面白そうに笑いながら付け加える。

「宜野座先生は俺の恩師だ。俺が東美大に通っていた間、非常勤講師をしていてな。お世話になった。さらに志嘉良島でお前が泊まった民宿、南風（ぱいかじ）荘の長男でもある」

「じゃあトミさんが言ってた絵を描いていた息子って……」

「私のことだね。急に秋山が志嘉良島で宿を取りたいと言って来たときは何かと思ったが、まさか生徒に絵を描かせるためだったとは」

宜野座さんはシャツの第一ボタンを外し、ネクタイを緩めながら言った。

それを聞いて、秋山さんが僕を志嘉良島に連れて行った理由にピンときた。

「もしかして、秋山さんが沖縄の中でも志嘉良島を選んだのは、審査員長である宜野座さんの地元の風景画を描かせるためだったんですか？」

秋山さんがニヤリと笑う。

「そうだ。この人が審査員長に決まったときから考えていた」

「仕事のついでって言ってたのに」

「もちろん仕事もしたぞ。インドに行ったしな」

「でもそれって、不正じゃないんですか？」

おそるおそる宜野座さんに視線を向ける。

秋山さんの画策によって旧知の審査員長に好まれるような絵を描いてしまった。他の応募者たちとフラットな条件じゃなかったのだ。もしこれで受賞したりしたら、不正になるのではないか。

すると、宜野座さんは僕の罪悪感を払拭するように優しく微笑んだ。

「秋山は君に、私の郷愁を呼び起こさせるような絵を描かせて、少しでも入選する確率を上げたかったようだが、正直そんな小細工したところで審査に影響はない。好みで審査するわけないし、私一人で賞を決めるわけでもないしね」

「小細工ですか」

秋山さんが苦笑する。

「それに、あの人魚の絵は地元だろうが何だろうが関係なく、観る者の心を打つ絵だ。つい赤面してしまうくらい純粋だ。審査員の誰にも描けない。いや、世界中で海斗君にしか描けない絵と言っていい。文化的な背景を抜きにしても」

最後の一言はよく分からなかったが、疑わしくなるほどのべた褒めだ。僕が秋山さんに視線を送ると、手を組んで頷き、宜野座さんに尋ねてくれた。

「宜野座先生、それは審査員長としての言葉と受け取っていいんですか？」

「はは、もちろんあくまで一個人としてさ。酒の席での戯言(たわごと)と思って聞いてくれよ。

そのうえで結果が出るまで滅多なことは言えないが、あれで入選を逃すようなら今すぐ日本を出た方がいい。いや、上位三十作品に入るどころか、大賞さえも狙えるはずだ。そうなるとグランプリ史上最年少だな」

宜野座さんは咳払いをして、「もちろん全ての作品を観たわけではないから保証はできないけどね」と付け加えた。

評価されていることは理解できた。でも僕の罪悪感は払拭されない。こうして同じ席にいることですら、不正をしてしまっているのではないかという気がしている。浮かない顔をしている僕に、宜野座さんと秋山さんが諭すように言った。

「今回はさほど意味はなかったが、公開している情報を使って対策を立てるのは当たり前の話だよ」

「そうだぞ、海斗。できることは何でもしろ。情報も感情も作品さえも、使えるなら何でも使うんだ」

「秋山は昔からそういう奴だった。変わらないな」

宜野座さんが笑うと、秋山さんは恥ずかしそうに眉をひそめた。

秋山さんが煙草（タバコ）を吸ってきますと席を外した間、宜野座さんが秋山さんの昔話をしてくれた。

東京美術大学に入学した当時からアフロヘアーは健在で、学内でも異彩を放っていたという。

「秋山はとにかく頭が良くてね。知識量は学生のレベルを超えていた」

「よく画家の名言を引用してきます」

僕も思わず頷く。

「世界中のありとあらゆる名画の彩色パターンや構図、技法なんかを丸暗記していて、それを組み合わせて自分の作品に当てはめるようなやり方をしていたんだ。模倣と言われない程度にね」

「それって……」

自分の作品ではない。でも僕も前まではそうだったかもしれない。描きたいものを描くために筆をとるのではなく、漠然と「絵を描きたい」という気持ちだけが先行していて、とにかく目の前のものを描いていた。人魚の絵を描くまでは。

「幸か不幸か、秋山は作品の良し悪しを判断する一流の審美眼を持っていた。だからこそ、それらにとうてい及ばない自分の絵が我慢ならなくて、他人のものを借りてしまったのだろう。技術より何よりも、『これが自分だ』という信念がないと芸術の世界ではやっていけない」

「人魚の絵を描く前、秋山さんが僕には足りないものがあると言っていました。自分もそうだったって」

「そうか」

宜野座さんはワインを口に運び、何度も頷いた。口元が緩んでいる。

「秋山さんはどうやってそれを克服したんですか？」

「とにかくいろんなことをしたね。泥酔しながら全裸で絵を描いたり、山ごもりして猪に追われたりね。あの時期は楽しかったなあ」

目を閉じ、懐かしむように微笑んでいる。酔いが回ってきたのか、最初に比べて顔が赤い気がする。

「つきっきりだったんですか？」

「ああ。秋山が感性を固めていく過程に付き合うのは、自分のことのように楽しかった。だから君も秋山をこき使っていいんだ。秋山もそう思ってるだろう。結局画家ではなく画商の道に進んだが、片手間とはいえ絵画教室をやっているのは、自分も教える立場としてそれがしたいからだ」

「充分感謝しています。秋山さんがいなかったら、僕はそのうち絵を辞めていたと思います」

秋山さんは自分のことを画材の補充役と卑下していた。でも生徒はたった一人だけ、つまり僕の月謝分しか収入のない絵画教室をわざわざ運営し続けているのは、秋山さんの合理的な性格からしたらあり得ない。

僕なんかに期待し続けてくれた秋山さんに対して、人魚の絵を描けたことが少しでも恩返しになったなら、単純に嬉しい。

初めてあの絵を描いて良かったと思えた。

秋山さんが戻って来たところで、前菜やスープなどの料理が次々と給仕される。中でも石垣牛のステーキは絶品だった。こんがりと焼き目のついた表面で、中は赤みが残るレア。しっとりした歯応えで脂っぽさが少ない。嚙むたびに肉汁が溢れてくる。

しかしどの料理も共通して、一口目は最高に幸せな気持ちになるものの、すぐに飽きがくる気がした。トミさんの郷土料理はそうじゃなかった。このフレンチより刺激は少ないけど、毎日食べていたくなるような依存性があった。

「それにしても助かりましたよ。志嘉良島の民宿はどこも予約がいっぱいで困っていましたからね」

一通り食べたあと、秋山さんが口元をナプキンで拭いながら言った。

「よく私の実家が民宿をしていると知ってたな」

「昔言っていましたよ。先生は酔うと饒舌になりますから」

宜野座さんはそうかなと呟き、眉間にシワを作って苦笑する。

「秋山がどうしてもと言うから、仕方なく母に電話したんだ。しばらく連絡を取ってなかったから、いい機会だったよ」

「それは何よりです。電話でお母様も心配していましたよ。帰ってきて欲しいんじゃないですか？」

「あそこは古いしきたりに縛られた島だからね。海斗君も分かっただろう。正直、もう二度と帰るつもりはないさ」

古いしきたり。ウークイのことだろうか。

宜野座さんが言う通り、死者の供養が絡むとはいえあそこまでよそ者を排除しようとする団結力は都会にはない。僕は納得して頷いた。それ以降は秋山さんの学生時代の話や、これからの日本美術界についての話などに移った。

格式高いフレンチは確かに美味しかったものの、男子高校生としては量がもの足りなかった。肩が凝るような空間での食事に最後まで馴染めなかったが、秋山さんにこれからこういう機会が増えるから慣れろと言われた。

もし受賞したら、多くの取材や食事会なんかの誘いがあるらしい。僕が描いた人魚の絵はそれほどの評価に値するという。まだ結果は出ていないのにすでに入選は約束され、大賞を取れるかどうかという感じで話が展開されている。

人魚の絵が本当に良い作品なのだという実感が少しずつ湧いてきた。でもそれに浸るには、別に気になることがあった。

秋山さんが志嘉良島の宿は予約がいっぱいで取れず、南風荘の身内である宜野座さんに頼んでやっと予約できたという点だ。

島には全くと言っていいほど観光客がいなかった。つまり、部屋は空いているのに嘘をついて予約を断っていたということだ。

ファーストフード店でユタの老婆が言った、「観光客を入れないようにしている」という話と一致する。

現に、僕やトミさんに島民は冷たかった。まるでルールを破ったとばかりに。

そんな馬鹿な、と思う。だけど、ユタと接触した後の京花の様子は間違いなくおかしかったのも事実だ。

その後、秋山さんと宜野座さんは二人で飲み直すとのことだったので、僕は一人でホテルまでタクシーに乗った。

移動中、スマホで志嘉良島について調べてみた。

『沖縄県の八重山列島に属する有人島である』

と出た後、衛星写真や景観の画像が列挙される。こうして画像で見ると赤瓦の集落は綺麗すぎて、映画のセットみたいだ。昨日まで自分がここに滞在していたという実感が無い。

写真の中には、港にあった不気味な人魚の銅像の写真もあった。これがあったから僕は風乃が人魚に見えたんだ。幼い頃からこの銅像を見て育っただろうから、人魚に対するイメージが悪いんだな。それが「最低」評価へ拍車をかけたのかもしれない。

『珊瑚礁の隆起によって生じた琉球石灰岩からなる低島である。近年、地球温暖化の影響による水位の上昇で土地面積が減少している』

これは風乃が言っていたな。水位が上がっていて、砂浜の形が変わっているとか。

『台風などで局所的な浸水被害が相次いでいる』

沿岸部に住んでいる島民数人が亡くなってしまった、というニュースが載っている。

これがウークイへの温度感が上がった理由だ。

改めて調べてみて、知っていることが結構多い。たった二十日しかいなかったのに風乃に案内してもらったおかげでどの風景も見覚えがある。

そうして画面をスクロールしていると、歴史の欄で気になるワードを見つけた。

「人魚伝説？」

ファンタジーな響きだ。要約するとこうだった。

——昔々、石垣島のとある漁師が、人魚を助けたことで「島に大きな津波が来る」と教えてもらう。それによって漁師の村は山に逃げて助かったが、隣村は信じずに津波に飲み込まれ、壊滅的な被害を受けてしまった。

よくある、教訓を含んだ昔話だ。

しかしなぜこれが歴史の項目にあるんだろう。桃太郎や浦島太郎なんかと同じようなただの昔話なら、別の欄にあるべきじゃないのか？

疑問に思い、関連するワードをタップしていく。

この人魚伝説の際に石垣島を襲った津波は、『明和の大津波』といって実際にあった災害らしい。一七七一年に波高八十メートルを超える巨大津波が観測されており、この高さは日本史上最大だという。

子供の頃に世間を揺るがせた東北の津波が波高四十メートルなので、それを大きく上回っている。当時の映像を観ても、まるで映画みたいだと思ってしまうような現実感の無さなのに、あれ以上の規模なんてとても想像つかない。

八重山諸島全域を襲ったこの大津波はかなりの被害者を出した。具体的には死者・行方不明者数が一万人を超え、これは当時の人口の三分の一にあたるという。

加えて、何とか生き残っていた人たちも海水による塩害で多くの田畑や農作物が駄目になってしまったため、今までの生活ができない。

島民たちは復興のために本土や台湾に出稼ぎに行ったり、島から島へ村単位で移住したりしたようだ。しかしそこでも飢饉や疫病に襲われ、それから百年近く、八重山諸島の人口は減少の一途を辿った。

島民たちの文化や価値観が大きく変わってしまった、歴史的な大災害だということが強調されている。

ホテルに到着したので、タクシーから降りた。オレンジ色の電飾が輝く安ホテル。

夜空は志嘉良島ほどではないが、それでも東京よりは遥かに多くの星が見える。

目の前に八十メートルの津波が来たのを想像してみる。大体二十から二十五階建てくらいのビルが迫ってくるようなものだ。

怖い、と思った。絶望的だし、それが過ぎ去った後の島は、文字通り跡形もないだろう。普通だったら途方に暮れてしまうが、当時の沖縄はそこから立て直したのだ。現代ほどの科学技術もなく、他県からの支援もあてにできないのにもかかわらず。

風乃との会話を思い出す。

「志嘉良島はこれまで歴史上いくつもの災害に襲われてきた。でもいつも島民全員で力を合わせて食い止めて、立て直してきたんだって」

なんくるないさーを合言葉に、様々な試練を乗り越えてきたと明るく語っていた。

この大津波もそのひとつだったのだろうか。

ホテルの部屋に到着し、シャワーを浴びた。明日の午前中に那覇行きの飛行機に乗るので、軽く荷造りをした。一分もかからずに終わった。

僕はベッドに腰かけて、被害についてもう少し詳しく見ようとしたところで、突然スマホが振動した。電話だ。

画面には京花の文字。絵の感想だろうか。それにしても、なぜ急に電話?

僕は咳払いをして、通話をタップした。

「もしもし」

返事はない。

「……京花？」

無言。

「もしもし」

ずずっ、と鼻をすする音だけが返ってくる。

「京……」

『ひっく』

ん？

思わず名前を呼ぶ声を止めた。誰に見られているわけでもないのに背筋を伸ばす。

聴覚からの情報のみなので定かではないが、もしかして京花は泣いているのか？

「どうしたの？ 大丈夫？」

『……あんた、風乃に見せた絵って、あの人魚の絵なの？』

「そ、そうだよ」

『あの人魚、風乃でしょ』

「うん……、やっぱり気持ち悪いよね。反省してる」

『何であんなひどい絵を描いたの』

やっぱり気付いてしまうようだ。しかも嫌悪感を抱かれている。秋山さんや宜野座さんと違い、風乃を知っているとネガティブな気持ちになるらしい。

僕は半ば言い訳するような気持ちで答えた。

「僕には人魚に見えたんだ」

『………』

京花は無言だった。

「ごめん。本当は風乃にも謝りたいんだ。僕の話なんか聞いてくれないかもしれないけど」

『風乃はあの絵を観て、泣いたのよね？』

「ん？　うん、そうだよ」

『じゃあ、やっぱりそうじゃない！』

「何が？」

『私は、風乃のことが好きなの！』

会話が要領を得ない。僕はとりあえず京花が落ち着くまで話を合わせることにした。

「……それはちゃんと伝わってるよ。京花は風乃のことを気にかけていたし」

『違うわ！』

「違う？」

『風乃のことが好きなのは事実だわ。でも……結局は、自分の方が大事なの』

僕の中では京花はクールな印象だ。ところが、この様子は何だ。まるで会話になっていない。

「誰だって自分が一番大事だよ」

『そうよ！　でも風乃は違うのよ！』

「違う？」

『風乃は昔からおばあちゃんっ子だった』

「……そうなんだ」

『そして、志嘉良島のことが大好きだった。島のためなら何をしてもいいって本気で思ってる。でも私はそこまで思えない。他人のために自分を犠牲にするなんて嫌だわ！　だから風乃に歌手になりたいって言えなかった。風乃一人に押し付けてるのに、自分の将来の夢を語るなんてできるわけないじゃない！』

京花はまるで自分を責めるような口調で語った。僕に質問する隙も与えなかった。

『高校の友達にね、言われるのよ。京花はこんなにバイトして偉いねって。それに比べて風乃は遊んでばっかりじゃんって。その度に風乃があははって笑って言うのよ。自分のしたいことをしているだけだって！　海斗のスマホで話したときもそう！　私ばっかり泣いて、風乃は泣かなかった。京ちゃんは優しいねって、ありがとうって、笑ってるの！　風乃の方が私の百倍優しいのに！』

そこまで叫んで、しばらく黙り込む。荒い息遣いが聞こえる。

内容はほとんど理解できなかったが、本心で、真実を話していることだけは分かる。

そして、もし真実なら聞き流せない部分がある。

「島のために自分を犠牲にって、どういうこと？」

スマホの向こう側から、質問の答えは返って来ない。

長い沈黙が流れる。

京花の鼻をすする音は聞こえなくなった。

しばらくして京花は、震えた声で呟いた。歌っているときの力強い低音とはまるで違う、今にも消えてしまいそうな声で。

『……海斗、すぐ志嘉良島に来て』

「すぐ？　でも、明日は東京に帰らないと。それに島には入れないんだろ？　ユタのおばあさんがそう言って」

『風乃を助けて。私が何を言っても風乃は泣かない。でも、海斗にならら本心を』

——そこで電話が切れてしまった。

もう一度掛け直すも、京花は出ない。電源が切れているようだ。

僕は立ち上がった。スマホをベッドに放り投げる。

待受画面が真っ暗になるまでじっと見下ろした。

必死に頭を整理する。

島のために自分を犠牲に？

風乃一人に押し付ける？

島民以外を入れないようにして催す行事。ウークイで調べても旧盆の最終日のことで、沖縄では一般的な行事としか分からない。風乃が今年は島単位で行うと言っていたから、いつもと違う特別な何かをするのだろう。

……分からない。

でもとにかく島に行かないといけないと思って、帰って来た秋山さんに事情を話した。

風乃のおかげでトラウマを克服できたこと、振られたこと。明日の始発船で志嘉良島に向かうので、飛行機はまたキャンセルすることになること。

すると酔っ払った秋山さんは、眠そうに目を擦りながら頷き、僕の背中を叩いた。

「【常に目を、手を、頭脳を動かすことをやめるな】。これはダリの言葉だ」


夜が明けて、ウークイが行われる二十二日がやって来た。僕は石垣港に向かった。

京花に何度も連絡したが、一度も繋がらない。彼女はファーストフード店で僕に「風乃を東京に連れて行って」と頼んだ。今思えば、歌を聴いて欲しいというのは本当の目的じゃなくて、その依頼こそが一番の頼みだったのではないか。

結局、京花の真意は分からないけれど、とにかく志嘉良島に行けば全てが分かると思った。

港に着いたのは、九時半。始発が出る十時までもうすぐだ。待合室にはベンチがあるが誰もいない。

電光掲示板には他の離島行きの出発時間が表示されている。

志嘉良島への船は十時の便を最後に、それ以降は欠便になっている。他の離島への船も、午後からは出ていないようだ。頻繁に流れる場内アナウンスが言うには、台風の接近に伴い欠航になったらしい。これを逃したら今日乗れなかった。何とか間に合った。

高速船のチケットは当日販売のみだ。前もって買うことはできず、ここで買うしかない。

僕が窓口ですいませんと声をかけると、中で若いお姉さんがガラス越しにいらっしゃいませ、と返事した。

「志嘉良島行き、一枚」

しかし注文すると、彼女の表情が接客用の笑顔から真顔に変わる。

「申し訳ございません、本日の志嘉良島行きチケットは完売となっております」

冷たい声でそう告げられた。

「完売ですか？　まだ三十分もあって、全然人もいないのに」

「はい。申し訳ございません」

高速船の客室を思い出す。二十人分くらいの椅子があった。絶対とは言えないが、常に無人だった席が急に埋まるとは思えない。というか当日券しか買えないのだから、完売しているならこの待合室でその二十人が待ってないとおかしい。

「お願いします。どうしても志嘉良島に行かないといけないんです」

少し大きめの声になってしまった。受付のお姉さんより奥にいる係員たちが顔を上げ、訝しげにこちらを見ている。

「そうは言われましても、決まりですので」

僕はバカだ。何も考えずに行動してしまった。

島には空港が無い。入るには船しかないから、ここで止められるということだったのだ。そんなこと考えたらすぐに分かるはずだった。僕が数日前まで出入りできたのは、トミさんが通してくれて、事前に往復券があったからだ。ここでチケットが買えないようになっているのだ。

「誰も待ってないじゃないですか」

「それは関係ありません。確かに完売致しましたので、こちらではもう販売できません」

「時間まで誰も来なかったら、キャンセルになりますよね？ そうしたらその席を買えますよね？」

「キャンセル待ちは承っておりません。時間になったら出港する決まりです」

「一人くらい乗れるでしょう。甲板でも荷物置場でもいいんです」

「ダメです。乗員数は決まっています」

「どうでもいいから、とにかく船に乗せて下さいよ！」

僕は思わず声を荒らげる。焦るあまり、腹が立ってしまった。その直後、後ろから肩を掴まれた。

「にいにい、ちょっと裏まで来れるか？」

かりゆしウェアを着た中年男性だ。穏やかな表情だが、肩を掴む手にはかなりの力が入っている。しかもその後ろに二人、二十代ほどの若い男性もいる。どこかで見覚えのある顔だと思って、すぐにピンときた。

僕が京花とカラオケに行った帰りのときにもいた人たちだ。確か大きな荷物を持った観光客を囲んでいた。その人は荷物からテントの脚のようなアウトドアグッズがはみ出ていた。

「痛……っ」

掴まれている肩が痛くて顔が歪む。三人とも僕よりは遥かに体つきががっしりしているので、暴力沙汰になれば瞬く間に袋叩(ふくろだた)きにされてしまう。

警察に通報してやろうかと思った。こんな脅迫や乗船拒否が許されるのか。日本は法治国家だぞ。

引き下がるつもりは無かった。僕は絶対に船に乗る。手始めに大声で叫ぼうとした。

そうして大きく息を吸ったところで、横から中年男性の手首を、誰かが摑んだ。

「ウチの息子が痛がってるさ。放してくれんか？」

宜野座さんだった。何でこんなところに。僕は驚きで言葉を失う。

中年男性は僕と宜野座さんを見比べて、仕方無いという感じで手を離した。

「海斗、私が来るまで待っとけと言ったさ。全く」

話し方が昨日と違い、完全に沖縄の人のイントネーションだ。宜野座さんは僕の両肩をとんとんと叩き、三人から見えないようにウインクする。話を合わせろという合図だ。

「すいま……、ごめんなさい、父さん」

そもそもなぜここにいるのかという疑問はあるが、僕はとりあえず従った。

「あんたこの子の親父か？　悪いが、帰らしてくれんか？」

中年男性は怪訝な表情だ。似てないと思われているに違いない。

「いーや、私たち親子は島に戻らんといけんさ。私は志嘉良島の出身だからよ。今年はアレがあるだろう？」

「何？」

彼らの表情に困惑が混じる。

「私の名は宜野座昇陽。名刺も渡しておこうかね」

宜野座さんが背広の内ポケットから名刺を取り出す。中年男性が受けとった。

「宜野座……、美術大学教授？　確かにうちなーの名前ではあるが」

「南風荘の宜野座トミの長男さ。しばらく内地にいたが、ウークイのために呼び出されて息子と一緒に帰省したさ。確認したらいいよ」

話し方のせいで違う人みたいだ。堂々としていて、わざとらしさもない。

中年男性は受付に戻り、電話をし始めた。声は聞こえないが、何度も僕らを見ている。その間、僕と宜野座さんは若い男性二人に見張られていた。僕は生きた心地がしないまま、宜野座さんを真似して胸を張った。

「……確認が取れました。大人二枚です」

しばらくして、受付の若い女性からチケットを受け取る。宜野座さんがさっとお金を支払い、僕らは待合室を抜けた。

しばらく歩いて、周りに誰もいなくなったところで頭を下げる。

「ありがとうございます。助かりました」

「気にしないでくれ。秋山の頼みだからね」

口調が昨日の宜野座さんに戻った。

「秋山さんの？」

「ああ、君の人魚を救う手助けをして欲しいとね」

僕の人魚。風乃のことだ。

京花も風乃を助けて欲しいと言っていた。

しかし具体的に何から助けるのか、どういう状況なのかは全く分からない。

「宜野座さんは、状況を知ってるんですか？」

「全てではないよ。昨日、秋山から君の人魚の話を聞いて、違和感があったんだ。だからその場で母に電話した」

「トミさんに？」

「ああ。驚いたよ。あの島はまだそんなことをしてるんだ、ってね」

「あの……、とにかく分からないことが多過ぎて、何から聞けばいいか分かりませんが、まず、何でここにいるんですか？」

「秋山から、君が志嘉良島に行くことを聞いたからさ」

「秋山さんは？」

「別件で来られない。まあ、秋山では船に乗れないからね。この役目は私が適任だ」

「……あの！　風乃はどうなってるんですか？　ウークイって何ですか？　志嘉良島

は何を隠してるんですか？　なぜあの島はここまでするんですか？」

つい質問攻めをしてしまう僕に、宜野座さんは口の前に人差し指を立てた。

「しーっ、声が大きい。無事に船に乗れたら話そう」

仕方なく船着場で船の到着を待つ。湿っぽい風が吹いている。午前中なのに曇っているせいで、夕方のような暗さだ。スマホで『志嘉良島　ウークイ　秘密』などと検索してみたが、それらしき情報はネットにはなかった。


十時になり、船に乗り込む。案の定客室には僕と宜野座さんしかいなかった。二列に並ぶ座席の隣同士に座った。

ポーッと汽笛が聞こえ、船が出港した。二日前に乗ったときより揺れている。横で宜野座さんがふうと大きく息を吐き、肩を落とした。

「おっと、気を抜いてはいけないな。問題はこれからだ。ウークイを止めて君の人魚を救えるかが本題だ」

「その、君の人魚ってやめて下さい」

「はは、悪いね」

得体が知れないことに緊張している僕を少しでもリラックスさせようとしているのか、宜野座さんは冗談のように笑った。

「で……何から話そうかな。まず、八重山諸島に伝わる『人魚伝説』は知っているかい？」

「はい、昨日ネットで調べました」

漁師が人魚を助け、津波から村を救った。一方で隣村の者たちは人魚の存在を信じずに壊滅した、という昔話だ。

「人魚の絵を描いた時点では知らなかったんだね。てっきり島で民話として聞いたのかと思ったが」

「風乃を人魚にしたのは、ただ僕にそう見えただけです」

宜野座さんは客室に誰もいないことを再度確認し、一呼吸おいて言った。

「……結論から言おう。現在の志嘉良島の島民は、人魚を信じずに津波で壊滅した隣村の子孫だ」

「え……、いやいや」

僕は首を振って続けた。

「あの昔話が実話だったってことですか？　人魚が現実にいたと？」

「さあ、それは分からない。だが正式な文献に記録されているんだ。沿岸部に隣同士に並んでいながら、住民のほとんどが助かった村と、たった二十人ほどを残して千五百人以上が亡くなった村があったと。これは紛れもない事実だ」

「そんな、たまたまじゃ」

「たまたまかもしれないね。でも明らかに不自然だし、現に二百五十年もの間語り継がれている」

志嘉良島の港には古い銅像があった。人魚が特別な存在であることは確かだ。

「当時、離島一帯を明和の大津波という大災害が襲った。隣村の者たちは畑が塩害によって生活困難になり、何より不吉な土地であるとしてかつての村を捨てて海を渡った。そうして辿り着いたのが、当時無人島だった志嘉良島だ。しかし人手が少なく、知らない土地であるため中々生活が安定しない。やがて彼らはその原因を探し始め、一つの結論を出した」

「結論?」

「それは、人魚の呪いのせいではないかということだった。かつて人魚を疑ったせいで、自分たちは人魚を怒らせてしまったのではないかと考えた」

「そんな馬鹿な」

普通だったら鼻で笑ってしまうような眉唾な話だ。しかし宜野座さんがあまりに真面目な表情なので、僕は息を呑む。

「そして、島民は人魚の怒りを鎮めるため、人柱を差し出すことにした」

「人柱って……生贄（いけにえ）ってことですよね。漫画や小説じゃあるまいし」

「御嶽を知っているかい？」

「はい。塔の形をした大岩ですよね」

「その岩の上から、人柱となる女性が海に身を投げる。その後、島民全員で海へ祈りを捧（ささ）げるんだ。だから島民の血が流れている私は島に入れるというわけだ。息子という設定の君もね」

「み、身を投げる……？」

「最後に儀式を行ったのは今から七十年前だったらしい。太平洋戦争からおよそ五年間、マラリアという蚊を媒介にした感染症が流行し、多くの島民を失ったときだ。しかし、儀式の後は死者がピタリと止んだという」

——ありえない。

過去にマラリアが沖縄で流行ったのは歴史の授業で習った。でもそれが終息したのは医学の発展によるものだろう。決して儀式のおかげじゃない。

とはいえ、御嶽という聖域や巫女にあたるユタという存在が身近にあるあの島なら、本気で信じてもおかしくないと思えてしまう。

「今回の人柱は水位上昇を止めるためらしい。元々被害を受けていたところに、一ヶ月前の高潮で死者が数名出たことが決定的だった……と、昨日、母から聞いた」

「その儀式が……、今日行われるウークイですか？　でも、そんなのネットには」

「本来のウークイは単なる旧盆の最終日のことで、沖縄本島や他の離島とさして変わらない。人柱の文化は志嘉良島だけのものだ」

「……海に身を投げる、人柱って」

「風乃という子だ。島には人柱になることを義務付けられて育つ女性が必ず一人はいる。儀式は不定期なため、行わずに一生を終えることもあるけどね」

「その、つまり、風乃が、……御嶽の頂上から、入水（じゅすい）するってことですか？」

僕の頭は情報過多で混乱していたが、どこか納得もしていた。

京花の「風乃一人に押し付ける」「島のために犠牲に」とはそういうことだったのだ。風乃は人柱になることが決まっていた。生まれてからずっと。京花からしたら、そんな風乃に将来の夢を語るなんてできるわけがない。

「みんな、おかしいと、あり得ないと思わないんですか？」

「今はネットがあるから、若い人は思っているかもしれない」

「じゃあ」

「でも島のほとんどはお年寄りだ。前回行われたときに参加していた人だって多くいる。しきたりや考え方は簡単には変えられない。実際住んでいた私には分かる。私には五歳上の姉がいてね。当時は姉が人柱だった。その運命を当たり前のように受け入れていたよ。まるで私だけが違う価値観を持っていて、おかしい人間のようだった。嫌気がさして、中学卒業と同時に島を出たよ」

「お姉さんは、今どうしてるんですか？」

「二十年ほど前に病気で亡くなった。葬式も行かなかった。仕事が忙しかったし、もう一生関わらないつもりだった」

「そうなんですか……、それなのになぜ僕に協力してくれたんですか？」

「理由は二つだ。一つは教え子の頼みだということ、もう一つは、私が君の絵をもっと観たいからさ」

「僕の絵、ですか」

僕が聞き返すと、宜野座さんは右腕の袖を捲り、右手首の内側を僕に向けた。そこには、手首から小指の付け根に向かって五センチほどの古傷があった。

「若い頃、事故で手首の軟骨を損傷したんだ。何度も手術をしたが、絵を描くと痛みが走るせいで結局筆を置いてしまったよ。それからは育成に専念している」

宣野座さんは懐かしそうに古傷を指先でなぞり、続ける。

「秋山からグランプリ以前の君の絵を写真で観せてもらった。まるで機械音声の曲を聴いたときのような無機質さを感じた。それが、ああも感動的な絵に変わってしまった。もう海斗君は、彼女がいないと絵を描けないんじゃないかい？」

「……そうです」

その通りだ。風乃がいない景色は、僕にとって何の魅力もない。描きたいとも思えない。今の僕は、風乃がいないと絵が描けないんだ。

「私は絵を諦めた。でも君にはそうなって欲しくない。美術界に携わる者として、一人の若者の未来が閉ざされるのを黙って見ているわけにはいかないよ」

つくづくこの人は教育者だ。関わりたくないはずなのに、僕のために手助けしてくれた。

「……そうです。風乃がいたから、僕は変われたんです」

太ももの上で両手を強く握り締める。タタタ、と船の天井や壁に雨がぶつかる音が聞こえてきた。窓の外では横殴りの雨が降っている。空で分厚い灰色の雲が蠢(うごめ)いていて、ときおり鈍く光っている。相変わらず風は強く、船は上下に激しく揺れている。
そんな中、夜と見間違うくらい暗い海に、ポツンと灯(あか)りが見えた。
志嘉良島の港だ。

四　バーミリオンの唇

志嘉良島に着き、船から降りる。

船着場にも待合室の受付にも、誰一人いない。もともと人が少なくて活気のない静かな島だったが、これは異常だ。台風が近付いているのだから、港に人が少ないのは当たり前かもしれない。でも何か不気味な雰囲気がある。

トタン屋根にあたる雨音や、強風が窓を震わせる音がやけに大きく聞こえる。

立ち止まる僕の背中を、宜野座さんがそっと押した。待合室の出口へと促された。

「海斗、行くぞ」

「あ、はい。うん」

船上から乗組員たちに見られていることに気付いた。僕らは足早で港の外に出る。

すると人魚の銅像の前に、四人の男性がいた。

二十代半ばくらいで、四人とも金髪か茶髪。みんな喧嘩(けんか)っ早(ばや)そうだ。ヤンキー座りの者や、金属バットを持った者もいるが、誰も傘を差していない。風雨にさらされ、髪や肩が濡れている。

うち一人は大地さんだった。四人とも僕と宜野座さんを睨みつけている。特に大地さんは眉が釣り上がり、般若（はんにゃ）のような表情だ。反射的に、以前殴られたことを思い出す。胃がぎゅっと縮む。

彼らは僕たちを怪訝な表情で眺め、ひそひそと話している。

「おい、この前まで風乃といた奴じゃないか？」

「だからよ、トミおばあの孫だったば？」

「だから南風荘に泊まってたのか」

「でもあのとき、トミおばあは孫って言わんかったど」

「さっき電話で親子って言ってたんだろ？」

石垣港での情報が出回っているようだ。大地さんだけは会話に参加せず、無言で腕を組んでいる。僕から視線を逸らさない。

びくびくしている僕とは対照的に、宜野座さんは気の抜けた声で右手を上げた。

「はいさい。天気が悪いのは残念だが、久しぶりの志嘉良島の空気はいいねー」

声と表情のおかげか、大地さん以外の三人は警戒の色をやや薄めた。

「確かに、志嘉良島の訛りやっさ」

ヤンキー座りをしている一人が呟いた。宜野座さんが続ける。

「十八まではここで育ったからよー。早くみんなに会いたいさ。肉屋の金城は元気か？　牧場の仲宗根にも挨拶しないといけんさ」

「仲宗根は俺の親父さ」

金属バットを持った男性がそう言うと、宜野座さんは笑顔で彼に近付いた。

「あいや！　あいつとはタメだからよー、昔一緒にハーリー漕いださ！　明日飲みに行くからよ！　いやー息子か、名前は何て言うば？」

「……うす、孝太郎っす」

「孝太郎、やーも一緒に飲もうな！」

落ち着いたナイスミドルという印象の宜野座さんだったが、陽気な島のおじさんに様変わりしている。あっという間に懐柔し、笑顔で孝太郎さんの肩を叩いている。

「して、島のみんなは？」

「もう御嶽に向かってるっす。ウークイは正午に始まる予定っす」

腕時計を見る。今は十一時過ぎ。まだ間に合う。

「そうか。海斗、行くど！」

促され、僕は宜野座さんの後ろについて行く。少しでも早く彼らの間をすり抜けてしまいたかったが、その願いは叶わず、横から太い腕が伸びてきた。

大地さんだ。

「待て」

胸ぐらを摑まれ、ぐっと引き寄せられた。

僕は爪先立ちになる。以前殴られたときと全く同じ体勢だ。

「お前本当にあいつの息子か？」

ドスのきいた低い声。髪が雨で濡れて額に張り付き、眉間にシワが刻まれている。

「……ぼ、僕は……！」

苦しい。喋れない。

視界の端で宜野座さんが止めようとするのが見えた。

「俺の息子さ！　確認を……」

「うるさい！」

大地さんが、右手で僕を持ち上げたまま、左手で宜野座さんを突き飛ばす。

「うっ！」

宜野座さんはよろけながら視界の外に出た。ザザッと音がしたので、尻餅をついたのだろう。そちらを向きながら、大地さんが声を荒らげた。

「何十年間も志嘉良島を捨ててた奴が、今さら島んちゅジラーするな！」

かろうじて目を動かせる。他の三人は止めない。よく見たら怯えたような顔をしている。大地さんは再び僕を見下ろして続けた。

「それにやーはこの夏に初めて島に来ただろ。もし本当にトミおばあの孫で血が繋がってたとしても、ウークイの儀式には参加させん。あれは島民だけの決まりど。やーは島民じゃない」

「決ま……り……？」

「そうだ！　そうしないと人魚の怒りが鎮まらん」

その言葉を聞いて、僕は頭が真っ白になった。息苦しい中、腹に力を入れて、歯を食いしばった。かすれた声を絞り出す。

「……人魚なんて、いるわけないだろ……！」

すると僕の距離でかろうじて聞こえるくらいの小さな声が、大地さんの口から漏れた。

「……は？」

釣り上がった眉尻が、すっと元に戻る。怒りの表情が真顔に変わる。

来る、と思った。
その瞬間、右耳が爆発したかのような大きな破裂音がした。
目の前が真っ暗になる。
体が地面に叩きつけられる。
右頬が熱い。
「海斗君！」
宜野座さんの声が聞こえた。
僕は体を起こそうとしたが、動けない。視界がぐらぐらして上下がはっきりしない。
口の中が何かでいっぱいになった。
唾液？　違う。鉄の味がする。血だ。
「かはっ」
地面に吐き出す。血と一緒に、ころん、と歯が一本転がった。
口の中が切れたばかりか、歯まで折れたらしい。右耳の奥が痛む。
一発殴られただけで、嘘だろ？　という驚きと同時に、頭の片隅でこうも思った。
——思ったより痛くはないな、と。
「うわあああああっ！」

倒れている僕に向かってゆっくり近付いてくる大地さんに、僕は叫びながら、人生で一番と言ってもいいくらい機敏な動きで体当たりした。

「ああ!? こいつ……！」

虚を衝けたようで、大地さんはバランスを崩して後ろに倒れる。

その隙に方向転換し、集落へ続く土道に走り出した。

「な……、待て！」

背後から声が聞こえる。

それらを無視し、がむしゃらに、脇目も振らずに全力疾走する。

僕は体育の授業でしか運動をしない文化系だ。何だかんだダメージが足にきていたので、きっと他人から見たら見るに堪えない無様なフォームだろう。でもそんなことはどうでも良い。

それほど痛みは感じなかった。ガジュマルの森の前で腹を殴られたときの十分の一もない。おそらく、あのときは僕に闘争心が無かったからだ。

今は覚悟がある。

大地さんが「そうしないと人魚の怒りが鎮まらん」と言ったとき、ああこの人は本気なんだ、と思った。このままじゃ本当に風乃は殺されてしまう、と。

つくづく、僕は想像力が足りない。宜野座さんの話を聞いても、石垣港の対応を目の当たりにしても、頭のどこかでまだ信じていなかった。

これが紛れもない現実だということを。

この人たちは、風乃を殺そうとしている。

僕はどんなに殴られてもいい。死にかけてもいい。

——風乃を助けたい。

石垣の塀の間の狭い道を駆け抜ける。体の正面に雨粒がぶつかる。風の音がうるさい。台風への備えか、民家はどれも雨戸が閉まっている。人の気配がない。アダンの葉が、幹からもげそうなほど荒々しく振れている。

走りながら、口から漏れる液体を手首で拭った。血だ。まだ止まってないらしい。

背後から怒声が迫ってくる。

何と言っているかは聞き取れないが、とにかく捕まったら殺されそうな勢いだ。

肺が潰れそうで、体育の長距離走だったらとっくに歩いてしまっているくらいきつい。でも足は止まらない。まだ走れる。

風乃に会いたい。

風乃は今、殺されようとしている。人魚の怒りを鎮めるなんて意味不明な理由で。

自分が死ぬことがずっと前から決まっているなんて、一体どんな気持ちだったんだろう。

何を考えながら笑っていたんだろう。

誰よりも自由な振りをしていたくせに、本当は一番縛られているじゃないか。

腹が立つ。

それを見抜けなかった自分に。

「止まれ！」

港から島の中央辺りまで来たとき、前方の曲がり角から大地さんが現れ、道を塞いだ。僕はとっさに方向転換し、民家の敷地(しきち)内に入った。

シーサーを構えた塀を乗り越えて進む。不法侵入だとか、そんなことへの罪悪感は微塵(みじん)もなかった。どうせ島民は御嶽に行っていて誰もいない。

「この……、ふざけるな！」

獣の咆哮(ほうこう)のような大声をあげ、大地さんが追ってくる。

ガジュマルの森に行き、海のルートから離れ島に向かう。そこに風乃はいる。

でも、僕の足では大地さんから逃れられない。身体能力も土地勘も向こうが上だ。このままじゃいずれ追いつかれてしまう。

「こっちよ！」

畑の畦道に出たところで、声が聞こえた。風が草木を震わす音が騒々しい中でも、よく通る声だった。

「京花！」

彼女の身長と同じくらいの岩の陰から、半身を覗かせるように手招きしている。三角錐形の岩の表面には『石敢當』の文字が彫られている。

京花は人差し指を唇の前に立てた。静かに、というメッセージだ。

僕は急いで岩の裏に回って身を隠す。すぐに大地さんが追いついて来た。

大地さんは首を振って辺りを見回し、僕がいないことを確認すると、地面を蹴り上げながら「はーっさ！　わじわじーする！」と叫んだ。その場でポケットからスマホを取り出して、電話をし始めた。

僕は座り込み、京花を見上げる。呼吸を荒らげて、大地さんの動向を注意深く観察している。緊張からか、両手を胸の前でぎゅっと握りしめている。

その際、両手首に布か何かで縛られた痕のような、赤いあざがあることに気付いた。

「それ……」

僕は頭の中で胸くそ悪くなるような光景を想像してしまう。

京花に連絡がつかなかったのは、僕に電話したのが大地さんにバレてスマホを奪われたからではないか。そして不穏分子と認定された彼女は、身動きできないようにどこかに閉じ込められた。でも何とかそこから逃げ出して、今、僕を助けてくれているのではないか。

風乃を殺そうとするだけじゃなく、京花にまで手を出して。どこまでも狂っている。

「そんなに怖い顔しないで」

いつの間にか大地さんはいなくなっていて、京花が僕を見下ろしていた。よほど怒りをむき出しにしていたらしく、なだめるような声だった。

「許せないよ、あの人」

僕の吐き捨てるような言葉に、京花は首を横に振る。

「大地さんは優しい人よ」

優しい人？

馬鹿な。僕は二回も殴られているんだぞ。

でも、そういえば風乃も言っていた。「大地にいにいは優しい人だから」と。トミさんも「大地は真面目だから、よほどのことがない限り手をあげないよ」と。

京花が、息を吐きながら岩に背もたれた。雨足が少しだけ弱まり、彼女の黒髪にぽつぽつと雨粒が乗る。

「ウークイのこと、聞いた？」

「うん。人魚伝説も、風乃の役目も聞いたよ」

「……そう。大地さんはね、元々、風乃を人柱にする儀式をさせないために青年会に入ったの」

よく意味が分からなくて、僕は少し間を空けて聞き直した。

「させないために？」

「ええ」

「むしろ積極的にしようとしてるように見えるけど。青年会って儀式を実行する側だろ？」

「それには事情があるの。……風乃と大地さんは、子供の頃からとっても仲良しだったわ。歳は離れていたけれど、本当の兄妹みたいだった」

体育館で遊んだ子どもたちも、二人はいつも一緒にいたと言っていた。

「風乃が祖母から役割のことを聞いたとき、同じくして大地さんもそれを知ったわ。もちろん反対したけれど、権力の強いユタたち聖職者と、島民全員の意思には逆らえなかった。島の伝統は絶対で、今まで続いてきた儀式を途切れさせることは、これまで儀式で亡くなってきた人たちも無意味だったと否定することになる。沖縄で一番大事な行事は旧盆なの。つまり、沖縄の人間は何よりもご先祖さまを大事にしているということなの」

「それで仕方なく折れて、風乃の意思を無視して島民側に加担してるってこと？」

「ううん」

京花はまた首を横に振る。その場に座り込む。

遥か上空で、雷雲が唸るような音を鳴らす。今は雨が弱まっているが、すぐにまた激しく降り出しそうだ。

「それでも諦めず、大地さんは青年会のリーダーになったわ。発言力を上げるため、島に欠かせない存在になるために。体も鍛えて、常に怖い顔で気を張って。でも、一ヶ月前に起こってしまったの。高潮被害で島民が亡くなった事故、知ってる？」

「儀式をするきっかけになったっていう」

「うん。それで亡くなったのが、風乃の両親なの」

「えっ」

「陸地に乗り上げてきた波にさらわれて、二人を含めた七名が亡くなってしまった」

息が止まりそうだった。

じゃあ風乃は両親が亡くなったばかりなのに、あんなふうに笑っていたってことか？

生暖かい風が濡れた体に吹き付ける。体の表面じゃない、奥の方が寒く感じる。

「年々、水位上昇による水害が増えていたの。海岸と民家がほとんど離れていないこの島は、台風やスコールのちょっとした増水でもすぐに浸水被害が出るわ。早く儀式をしろという声は以前から多くあった。それに強く反対していたのが、風乃の両親と大地さんよ」

「親が死んだから、止められなくなったってこと？　風乃だって被害者じゃないか……っ」

風乃は悲しんでいる素ぶりを微塵も見せなかった。御嶽でも、なんくるないさー、と笑っていた。

「その通り、被害者だわ。なのに、お通夜でも葬式でも、風乃は泣かなかった。それどころか、みんなに謝って回った。私がいつまでも生きていたせいで、ごめんなさいって」

「そ……、そんな、馬鹿なこと」

思わず声が震える。

風乃のせいであるはずがない。

心臓をわしづかみにされたみたいに息苦しい。胸の中で、名前の分からない様々な感情が渦巻いている。

「泣いている遺族の前で、風乃が宣言したの。今年のウークイで儀式をすることを。大地さんは最後まで反対していたけれど、風乃が自分から説得したわ。私は自分がしたいことをする、どうせいつか死ぬんだし、人の役に立って死にたいから、って。それで大地さんは、青年会のリーダーとしてユタたちと連携して、儀式を執り行うことを決めたの」

大地さんは風乃のために儀式をするんだ。風乃が望んだから。

ただ怖くて頭のおかしい人だとしか思っていなかった大地さん。やっと彼の輪郭が浮かび上がった気がした。風乃やトミさんが言った、優しくて真面目な人だという意味も。

僕は思わずうつむく。

大地さんを止めることはできない。彼は風乃のために動いている人で、動機は僕と一緒だ。

人間にとって都合の悪い自然現象が、一人の命と引き換えに好転するなんて理論的にあり得ない。明らかに間違っていると思う。でもこの島ではそうなっている。風乃も人柱になることを望んでいる。

必死に会いに行って、助けようとして、そこで風乃に断られたらどうすればいい？

僕はすでに最低と言われ、拒絶されているんだぞ。

初めて迷いが生まれた。

その瞬間、地面が影に覆われた。

「京花、ずいぶんよそ者と仲良くなったな」

後ろを振り向く。大地さんだった。

片手に金属バットを握り締め、僕を見下ろして大きく振り上げたところだった。

「だめ――」

京花の声は途切れる。

空が光り、雷による逆光で何も見えなくなる。轟音（ごうおん）が辺り一帯を襲う。真っ白な無音の世界で、僕はとっさに額の上に右腕をあげた。

その直後、鋭い痛みが右手首に走る。

太い木の枝がへし折れたときのような音が、頭の中に響いた。

「う……っ、うあぁ」

僕はその場に膝をついた。

右手首の小指側が、目で見て分かるくらいのスピードで紫色へと変化していく。

痛い痛い痛い痛い。

痛い。

——痛い！

大地さんはうずくまる僕を見下ろし、だらんと腕を下げて呆けていた。顔が青ざめている。

「何てことするの⁉」

しかし京花が立ち上がり、大地さんが握る金属バットのグリップを摑んだので正気を取り戻した。

「……放せ！　裏切り者！」

「きゃっ！」

大地さんが京花を振り払う。京花が尻もちをつく。

「邪魔させんど。誰にも」

汗と雨でびしょ濡れの大地さんの目は、真っ赤に充血している。

もしかしたら大地さんは僕を脅そうとしただけで、金属バットを本気でぶつけるつもりは無かったかもしれない。落雷の轟音と同時だったので、咄嗟に手元が狂ってしまった可能性はある。

でも僕の手首に走る痛みは事実だ。なんとしても僕を御嶽に行かせないという強い意思が、痛みとして伝わってくる。かろうじて指先は動くが、もしかしたら折れているかもしれない。

迷いと痛みで、闘争心が溶けていく。

どれだけ息を吸っても肺に酸素が入らない。

――もう、立てないかもしれない。

僕が挫けかけたそのとき、京花が大地さんに飛びかかった。

「海斗、早く風乃のところに行って!」

京花のポニーテールの髪は解けていた。濡れた髪を無造作に振り乱す。

「どけ! これ以上勝手な真似はさせん!」

京花が圧倒的な体格差のせいで地面に叩きつけられる。でもすぐに立ち上がり、再び大地さんにしがみつく。

泥だらけで、必死の形相で、涙目で。

あれだけ日焼け対策して見た目に気を遣っていた京花が、なりふり構わず。

「電話でも、直接会ったときも！　私が何を言っても風乃は泣かなかったわ！　でも、海斗の前では泣いたのなら……！」

どくん、と心臓が大きく震える音が聞こえた。

風乃は自ら死を望んでいる？

そんなわけない。あれほど生のエネルギーに満ちていて、全てを愛していて、誰からも愛されている風乃が。

僕は立ち上がって走り出した。両腕を強く振る。

何が正しいのかは分からない。何百年もの間、たくさんの人たちが考えて最良を目指した結果が、今なのかもしれない。

僕の行動は、すでに完成している絵画に対して、素人が突飛な色を付け加えて台無しにするようなものかもしれない。

毎秒、鈍器で殴られ続けているような激痛が右手首にある。絶対に無理しちゃいけない痛みだ。今すぐ安静にするべきだ。

でも、風乃が死ぬことに比べれば。

両親が死んでもなお、泣かずに周囲に謝る気持ちを想えば。

もう少しだけ走れる、と思った。


ガジュマルの森までたどり着いた。腕時計を見る。ウークイが始まる正午まで、もう二十分もない。

僕は森に入って行く。葉が密集して天然の屋根を形成しているからか、腰の高さまである雑草はほとんど濡れていない。この中では台風の影響が感じられない。つくづく神秘的な森だ。

まもなくして、大地さんたちの声が聞こえた。彼らは森を前にしてこれ以上追うか少し悩んだようで、僕がずいぶん進んだ後に遠くから叫び声がした。

「おい、これ以上進むな！」

森の中で反響する。焦りすら感じられる声色だ。

僕は無視して、草木をかき分け、薄暗い森を早足で進む。

たまに立ち止まって耳を澄ませる。

ザザ……ザザ……。

風乃といたときは全く聞こえなかった波の音が、正面から聞こえてきた。感覚が研ぎ澄まされている。

方向が合っていることを確信して再び足を動かす。

やがて、背後から雑草が擦れる音に加えて、荒い息遣いが聞こえ始めた。

「おい！　止まれえっ！」

追手が近付いてきている。

自然の中を歩き慣れていない僕より、彼らの方が速いのは当然だ。

何で僕は今まで絵ばかり描いていたんだ。

絵なんかいくら上手く描けても、風乃を守れないなら何の価値もないのに。

もう僕と大地さんたちの距離は十メートルもない。

一度でも躓（つまず）いたら終わりだ。

そこで、森が終わって視界に空が広がった。地面が荒れた岩肌になる。

しかし僕は崖を前にして、思わず立ち止まってしまう。

静かで穏やかだった森の中とはうってかわって、崖の上は踏ん張っていないと体が浮き上がりそうなほどの強風が渦巻いている。

そこから見下ろす海面には無数の雨粒が打ちつけていて、白い飛沫がまるで小さな生き物の群れのように躍動している。猛々しく波が唸っている。

僕は今から、こんなところに飛び込むのか。

躊躇していると、大地さんたちが森から出てきた。

服や髪に草葉を絡ませていて、息が上がっている。

「もう逃げられんど」

怒りの表情の中に僅かな安堵が見える。追い詰めたと思っている。

でも、今更命なんて惜しくもない。歯は折れたし、手首も骨折しているかもしれない。激痛を通り越して痛みが引いてきたくらいだ。

僕は再び海に体を向けた。

かつては崖に近づくだけで震えていた両足は、躊躇なく、かつ力強く岩を蹴った。

「……馬鹿か……っ！」

空中にいる僕に向かって、大地さんが呆然とした顔で言った。

僕の全身を強風がさらう。真下に重力のままに落ちるのではなく、不規則な風を受けて少しだけ旋回しながら落下する。

空を飛んでいるような感覚だった。

こんな状況で海に飛び込むなんて正気じゃない。

でも、何だってできる気がしていた。

ピカソも言っていたじゃないか。

【できると思えばできる、できないと思えばできない。これは揺るぎない絶対的な法則である】

僕は風乃を救う。僕にはできる。

次の瞬間、勢いよく体が海に叩きつけられた。深く深く、回転しながら沈んでいく。波にぐちゃぐちゃに揉まれる。視界は真っ暗だが、恐怖は感じなかった。洗濯機の中の服たちはこんな気持ちなのかな、と思った。

そこまで冷静だったのは、風乃が教えてくれたからだ。

この辺りの波は、離れ島に向かって流れているのだと。

自分で実際に体験したことと、風乃の言葉。その二つより信じられるものなんて、この世に無い。

あと少し。

もう少しで、会える。絶対に風乃を死なせない。

僕は最後の力を振り絞って、岩礁にぶつからないように集中して、波に導かれるままに海中を進んだ。

離れ島に流れ着き、濁流の中でかろうじて岩にしがみつく。体のいろんな場所をぶつけながら、岩場の海岸によじ登った。

一メートル幅しかない平らな岩場に四つん這いになり、たくさんの水を口から吐き出した。その間、大雨で水位が上がった波が何度も陸に乗り上げ、体を海へ引き摺り下ろそうとして来る。

ここら一帯の波は、志嘉良島から離れ島へ、そして南西の大海原へと流れている。もしまた海に落ちたら、あとは沖まで流されるだけだ。

この濁流に逆らって陸まで泳いで戻れるはずがないので、それは死を意味する。

僕は必死に踏みとどまる。波に激しく揉まれたせいで、安定した陸地にいるはずなのに船の上にいるかのように揺れている感覚がある。

右手首は大きく膨れ、肌の色は紫からさらに毒々しい黒へと変色しているが、驚くほど痛みはない。

興奮状態を終えて冷静になったとき、一体どうなってしまうのだろう。

しかも右手首だ。宜野座さんが船で見せてくれた古傷を思い出す。何度手術を受けても治らなかったという、絵をやめるきっかけになった傷。

もしかしたら僕も同じように、もう一生絵筆を握れなくなるかもしれない。

そんな考えが頭をよぎって、すぐにかき消した。全ては風乃を助けてからだ。

岩場にはたくさんの流木や海藻が打ち上がっている。加えて漁船が二艘、ロープで繋がれている。

雨はいっそう強まり、岩場に激しく波がぶつかり、僕の身長より高く飛沫が舞っている。

目の前には石段がある。その先、円柱形に聳え立つ岩の塔の頂上から、ぼんやりと光が漏れている。

石段の下には、合羽を着た五十から六十代くらいの男が二人いた。彼らは僕が海から岩場へとよじ登ってくる様を、呆気にとられて見ていた。

「やー、海から来たのか？ あり得んど」

一人がおそるおそる問いかけてくる。その質問に、もう一人が答えた。

「ゆくしーや、人間がこの海に入って生きていられるわけがない。ユタ以外のおじいおばあも、危ないからここに来れずに志嘉良島の海岸で祈ってるのに」

僕は彼らを無視し、落ちていた一メートルほどの流木を拾った。それを二人に向ける。

「風乃はまだ生きてますか？」

手前の男性が僕の顔と流木の先を交互に見つめる。やがて「ひっ」と声を漏らし、背筋を伸ばした。状況を理解したようだ。もう一人も後ずさりする。

「……もういいです。自分で確認します」

僕の顔はよほど怖いらしい。荒れた海からあがって来たインパクトも相まって、脅しが効きすぎている。無言で口をぱくぱくさせる彼らを一瞥して、僕は石段を一歩ずつ登った。

手すりも柵もない石段は、上に行くほど強い風にさらされる。バランスを保つのが難しく、雨で濡れているので滑って転げ落ちたら大怪我じゃ済まない。

風乃に会いたい一心で、足の指先に力を込める。腕時計に映る時間はすでに正午を過ぎている。

風乃の無事を祈りながら、高さ十メートルほどの石段を登り切り、塔の頂上に辿り着いた。

真っ先に目に入ったのは、一番近くにいた、白装束を身に纏い、こちらに背を向けて座りながら念仏を唱える四人のユタの老婆たち、ではなく。

その向こう側にある、激しい風雨に晒されてぐちゃぐちゃになった花や料理の数々、そして石の器に立てられた何本もの束になった線香、黄色の燃えた紙の束や織物などのお供物、でもなく。

一番奥、あと二歩ほど進んだら落ちてしまうような崖際に正座した風乃だった。

上空では怒り狂ったように雷雲が雄叫びをあげている。吹き荒れる暴風が塔の上を駆け回り、弾丸のような土砂降りの雨がばら撒かれている。

それは不思議な光景だった。

この御嶽の頂上で、老婆たちは合羽も着ず、ずぶ濡れで背中を丸め、今にも吹き飛ばされそうだ。両手で数珠を擦り合わせつつ、必死に丸まってその場に留まっている。

そんな彼女たちとは対照的に、オレンジ色の高価そうな着物を着た風乃は、ぴんと背筋を伸ばして平然と座っていた。水平線の向こう側に何かあるのか、じっと一点を見つめている。

風乃はまるで荒天の影響を受けていないみたいだった。

こんなに曇っているのに、風乃の周りだけ陽の光が当たっているようにすら見える。

非現実的な光景に、僕は目を擦る。

会いたいと願いすぎるあまり、夢のような妄想を見ているのかと疑ってしまう。

でも細かいことはどうでも良くて、とにかく風乃がまだ生きている事実に、つい安堵の涙が出そうになった。

「誰だ！」

老婆の一人が僕に気付いた。その声に反応し、全員が念仏を止めて振り向く。

なぜよそ者がここに。人魚が怒り狂うぞ。青年会は何をしておる、などと言いながら、老婆たちは一斉に立ち上がろうとした。しかし強風のあまりその場を動けず、踏(ふ)み止(とど)まる。

僕だって今すぐしゃがみたい。足はガタガタだ。少しでもバランスを崩してしまえば、立て直せずに塔から転げ落ちてしまうかもしれない。

でも、風乃を目の前にして止まるなんてあり得ない。

不恰好(ぶかっこう)な中腰のまま、すり足で進んだ。途中、持っていた流木を落とした。流木は横に飛ばされながら二回ほど岩肌を跳ねて、すぐに視界から消えた。

「風乃」

ユタの間をすり抜け、近くまで来て、名前を呼んだ。

しかし風乃は気付かない。体は近くにあるのに、意識は遠い世界にいるかのようだ。

「風乃！」

僕は声を荒らげた。

「え、海斗？」

風乃がやっと振り向いた。

琥珀色の目を丸くしている。鮮やかなバーミリオンの唇、陶器のように白い肌。化粧をした彼女は、この世のものとは思えぬほど美しくて、神々しささえあった。

「驚いた。何でここにいるの？」

こんな状況なのに、拍子抜けするほどいつも通りの態度だ。

僕は風乃の横に体を投げ出すように座り込んだ。正座する風乃は、膝の上で筒状のガラス瓶を両手で握りしめていた。その瓶は理科の実験で使う試験管のような形で、透明の液体が入っている。

ここに辿り着くまで、何度も頭の中で妄想した風乃が目の前にいる。

僕は何を言えばいいか分からなかった。

だから、とにかく強く抱きしめた。

「わっ」

風乃の口から声が漏れた。

冷え切った僕の体と違い、温かかった。

「……寒い？　大丈夫？」

風乃が、何も言わない僕の背中に手を回し、さする。

トラウマを告白したときと同じ、まるで母親が子どもをあやすような手つきだった。

風乃は強い。

狭い肩幅。

薄い体。

今にも折れてしまいそうなほど細いこの腕で、島民の未来を守るために自分の運命をも受け入れて生きてきた。周囲を気遣って、一人で戦ってきたんだ。

瞳の周りには涙の跡すらない。

『お通夜でもお葬式でも、風乃は泣かなかった』

京花の声が頭の中で聞こえた。

何で、こんなに強いんだろう。どうしてこんなに他人を思いやれるんだろう。

「痛いよ、海斗」

風乃がそう言ったので、僕は体を離した。

「どうやって来たの？」

「もちろん、崖から飛び込んだんだよ。それ以外の方法、知らないし」

「一人で飛べたんだ。成長したね」

「そうだよ。成長したんだ」

風乃のおかげで。

風乃が微笑んだので、僕もつられて笑う。でも表情と感情がずれていて、僕の視界は滲んでいる。

風乃は泣く気配もないのに、僕の方が先に泣いてしまっている。

「風乃、逃げよう。僕は風乃を助けに来たんだ」

そう言うと、風乃は困ったように少しだけ眉を寄せた。

「ダメだよ。私は人柱だから。それが私の役割だから」

「おかしいよ。そんなのあり得ないって、分かってるでしょ？」

風乃は首を横に振る。

「あり得るかどうかは関係ないよ。ここは、志嘉良島。人魚の島なんだからさ」

「何で？普通に考えたら」

「普通じゃないさ。みんなも、私も」

そして、体を横に向けた。

「……帰って。来てくれたのは嬉しい。でも、これ以上は本当にダメだからさ」

「嫌だ。風乃が死ぬなんて嫌だ。許せない。島を出よう。こんな人たちのために死ぬ必要はないよ」

「ううん。私は、志嘉良島が好きだから」

「好きだから、人柱にされても、殺されてもいいってこと?」

「これは私にしかできないことだし」

「風乃じゃなくてもいいだろ?　何で風乃が」

「私に力があったから」

「力って……」

風乃が手元の小瓶を見つめる。長い睫毛が目元に影を作る。

「私たち、三日間会わなかったときがあったでしょ?　ほら、御嶽に行って海斗が大地にいにいに殴られた次の日から、絵を見せてもらうまでの三日。あのとき、高熱に浮かされたんだ。カミダーリィがきたさ。おばあが言った通り、私には島を救う力があった。私にとって、それは嬉しいことだった」

淡々と語る風乃の瞳はおだやかだ。まるで嵐の景色が映っていないように綺麗だ。恐怖や迷いの色はない。

どうして。何でこんなに分かり合えないんだろう。価値観や常識が全然違う。

でも、風乃や島民たちから見たら、きっと理解できない僕の方がおかしい。

「……正直、ちょっと悩んでたさ。そのせいで海斗に色々ちょっかいかけちゃった」

風乃は僕の目を見て、少しだけ頬を染めた。再び小瓶に目を落とす。

「海の中で、……キス、したの覚えてる？」

「もっ、もちろん。忘れるわけがない」

一日たりとも忘れたことはない。自分の顔が熱くなるのを感じる。風乃はそんな僕をおかしそうに笑った。

「人柱は処女じゃないといけない決まりだから、海斗とそういう関係になれば、逃れられると思ったさ」

「そんな……」

「その後も結構隙を見せてたのに、海斗は全然手を出して来ないし。恥ずかしいけど、頑張ったのにさ。私、そんなに魅力なかった？」

手を繋いだり、抱きついたり、一緒に寝たり。

あの距離の近さは無意識のしぐさじゃなくて、そういう計算のもとだったのか。

「……ある！　魅力あるよ！　僕の度胸が無いだけで」

「あはは、そうだろうと思った。もう遅いから。意気地なし」

「ごめん」

風乃が安心したように微笑む。

「海斗のそういうとこ、好きだよ。クールな振りして内心ドキドキしてるのもバレてたし。島を好きだって言ってくれたの、嬉しかったよ。海斗に会えて良かった。海斗といると楽しくて、頑張ってる姿が眩しかった。東京でお店開いたらって言ってくれたでしょ？　つい、想像しちゃった。トミおばあの料理を私が作れるようになって、島の外の人たちに食べてもらえて、美味しいって、ありがとうって言われたら……、幸せだなあって思った」

「うん、うん……、そうだよ」

僕は何度も頷いた。

「私には将来なんて無いのが当たり前だったから。海斗や京ちゃんみたいに、自分の夢のために生きるのもいいかもって思えた」

「じゃあ、やっぱり風乃は、本当は……」

「でも、海斗の絵を見て決心したさ」

風乃の顔からふっと笑顔が消えた。

それと同時に、遠くの方で暗雲から海へ、一筋の雷が音も無く落ちた。

「熱が出た後もやっぱり死にたくなかった。みっともなく悩んでた。でも海斗の人魚の絵を観て、そんな自分が浅ましくて、無責任で、最低だって気付かされた」

「……意味が分からないよ。どういうこと？」

「だってあの絵、海底に沈む志嘉良島の集落を見捨てて、人魚だけが海の上の明るい世界に向かって泳いでるでしょ？　もし私が見捨てたら、お年寄りばかりのこの島はどうなるの？」

風乃が小さく息を吐く。淡く微笑んで続ける。

「あの絵と同じになる。私が人柱にならないとこのまま水位上昇して、いずれ島は海の底に沈んで。こうなるぞ、だから自分一人だけ逃げようとするな、って言われたみたいだった。だから私は、人柱になる決心ができたの」

口の中がからからに渇いている。僕はこくんと喉を鳴らし、唾を飲み込んだ。

「そ、そんなつもりじゃ……」

「あはは、分かってる。最低って言ってごめん。あれは海斗の絵が最低なんじゃなくて、私が最低だったたって意味だから。すっごく良かったよ。何を言われるよりもまっすぐ心に届いた。自分の内側の感情が全身から噴き出してきたみたいだった。見たくなかったものを突きつけられて、苦しかった。本物の芸術ってすごいね。海斗はすごい画家になるよ」

「そ、そんなこと思って欲しかったんじゃ」

「私を決心させてくれてありがとう。それだけは言えて良かった。心残りだったからさ」

風乃は清々しい顔で笑った。もう心の底から後悔はないとばかりに。

その笑顔が僕の心臓を握り潰す。

僕が風乃に絵を見せなければ。

あんな絵を描かなければ、こうはなっていなかったってことか？

まだ風乃を説得する余地はあったってことか？

僕は無意識に風乃の背中を押していたんだ。

最悪だ。

またこうなった。中学生のときのあの事件と同じ。僕の絵はいつも、他人を傷付けるだけのものだ。

「これが私の役割だから。海斗、生き物にはそれぞれ役割があるんだよ。シロは美味しく食べられること。海斗は絵を描くこと、京ちゃんは歌うこと。そして、私は死ぬこと」

「死ななくてもいいだろ……っ、なんくるないさーって、いつもみたいに笑っていればいいじゃないか」

「みんながなんくるないさーって言えるのは、誰かが何とかなるようにしてくれてるからだよ。今回は、それが私だっただけ」

風乃は話を区切るようにうん、と小さく頷く。

「海斗、来てくれてありがとう。でも、もう大丈夫。私は自分で選択して、望んで人柱になるんだからさ。海斗は早くみんなにごめんなさいって謝って。今ならまだ間に合うさ」

風乃の意志は変えられない。

そう確信すると、思い出したように右手首が痛んでくる。体中のあちこちが痛む。体と意識が分断されたみたいで、自分で上手く操作できない。

もう諦めよう。

風乃がここまで頑なのは、僕のせいなのだから。僕に言えることなんて何もないじゃないか。

「風乃から離れろ！」

石段の方から低い声が聞こえた。大地さんだった。金属バットを杖代わりにして登って来た。

大地、大地、と這いつくばる老婆たちが縋り寄る。大地さんは彼女たちを一瞥し、吹き荒れる風にびくともせず、ゆっくりとこちらに向かって来た。

「風乃、もう時間は過ぎてるど。早く薬飲まんば？」

大地さんが鋭く睨む。

視線の先は、風乃がずっと大事そうに握りしめている小瓶だ。

「薬って……」

僕が呟くと、風乃は苦笑しながら答えた。

「ウミヘビの毒」

透明のガラス瓶が、急に禍々しく見えてくる。風乃は世間話のように軽い口調で続ける。

「海に飛び込んで溺死するのって苦しそうだからさ。これだけ飲んで落ちれば、きっと苦しむ前に死ねるはずだし」

出会った日、風乃は慣れた手つきでウミヘビを捕まえていた。あのときにはもう死ぬ準備を整えていたんだ。

僕はとっさに、風乃からその瓶を奪い取ろうとした。

しかし伸ばした手が届く前に、横腹に衝撃がきた。

大地さんに蹴られた僕は、横に倒れ込む。岩肌の浅い窪（くぼ）みにできた水たまりに上半身をぶつけ、飛沫が上がった。

蹴りの痛みはそこまで感じなかったが、右手を地面についたせいで激痛が走る。

「大地にいにい！　やり過ぎ！」

風乃が叫んだ。

「薬がないと海の中で長く苦しむことになる。そんなことはさせん」

大地さんが目を細める。その言葉に本心を感じた。

この人も本当は風乃に死んで欲しくないと思っている。あくまで風乃の意思を尊重しているだけだ。

「私のことはいいから、海斗は助けて！　手首だって……、早く診療所に連れて行かないと！」

「こいつはやり過ぎた。こんなとこまで来て、ただで帰したらユタが納得しない」

「私が早く死ななかったからだし！　海斗を無事に帰すって約束して！　私の最後のお願いさ！」

懇願する風乃に、大地さんは顔を歪め、舌打ちした。

僕は必死に口を動かす。でも陸に上がった魚のように開け閉めするだけで、声は出ない。

「海斗、無理に動かないで！」

風乃が慌てたように止める。僕が何とか地面から顔を上げると、鼻先からぽたぽたと雨と汗が混じった雫が滴った。

体も心も限界が近付いている。僕は腹筋に力を込めた。大声で叫ぶつもりだったが、実際に出たのは囁くようなか細い声だった。

「……風乃が一言、生きたいって言えばいいんだ」

「もう黙れ！　これ以上風乃を迷わすな！」

大地さんがまた僕の腹を蹴り上げる。

ひゅっ、と空気が口から出た。でも何とか崩れ落ちずに耐えられた。

ずっと遠くで轟いていた雷が、近くの海に落ちた。一瞬だけ晴れた真昼のように明るくなり、すぐに薄暗さが戻ってくる。

本当は今すぐ横になりたい。

もう諦めたい。

辛い。

ずっと一人で絵を描いていたい。この島に来るまではそれが僕の唯一の願いだった。

なぜ、こんな南の果てで。

まるで世界の終わりのような景色の中で、死にかけないといけないんだ。僕には何の関係もない、よく分からない因習に首を突っ込んで、一体何をしているんだ。見て見ぬふりをして、さっさと東京に帰ればいいじゃないか。

そう、頭では分かっているんだ。

でも無関係ではいられない。

頭じゃない、胸の奥の柔らかい部分が現実を受け入れてくれない。

僕はぎゅっと目を閉じて、叫んだ。

「たった一言、風乃が生きたいって言ってくれたらいいんだ！　……遺族とか、島民とか、ご先祖さまとか、全員どうでもいいだろ。風乃一人に背負わせて生きようとする奴らなんか、救う価値ないだろ……！　そんな奴らのために死のうとしないでくれよ！　他人のためにできることじゃなくて、自分のためにしたいことを言えよ！　ただ風乃が生きたいって言えば、全部関係なくなるんだよ！」

風乃は無言で、唇を横に強く結んでいる。

眉尻が下がり、目が潤んでいるように見える。

キイン、と甲高い音がした。大地さんが金属バットを地面に投げつけた音だった。

「そんな話はやーが来る前に何回もした！」

そう叫んだ後、倒れている僕の胸ぐらを両手で掴み、軽々と持ち上げた。充血した真っ赤な目からは雨か何か分からない、透明な液体が流れている。濡れた鋭い目はまばたきすらせず、僕を真正面から突き刺す。

大地さんは先程より語気を弱め、僕に問いかけた。

「……何でこの島の人間ばかりがこんな目に遭わんといけんか？　毎年嫌になるほどの数の台風に襲われて、その度に波が陸を蝕んでくる。海にも出れん、作物も穫れんくなる。人も死ぬ。空も海も敵で、どうしようもない自然の力が島民を滅ぼそうとしてる。何が正解かは分からん。でもユタも、他の年寄りも、風乃も、全員が自分たちにできることを考えて、島を守るために役割を全うしてる。どうでもいいなんて、何も知らんよそ者だから言えることだ。自己満で口出しするな」

大地さんに手を放され、僕はそのまま崩れ落ちた。何か言い返したかったが、咳き込んで言葉が出ない。

いや、たとえ喋る体力があったとして、一体何を言えばいいんだろう。

僕の敵は、風乃を人柱にしようとする大地さんや島民たちだ。でも風乃を含めた彼らにとっての敵は、人魚の呪いという名の自然そのものなのだ。

この場で風乃を救っても志嘉良島は救われず、再び自然が牙を剝く。いつまでも人魚に呪われたままだ。こんなの、どうしようもない。

四つん這いでうつむく僕の右手の指先に、大地さんが手放した金属バットがコツンと当たった。不規則な暴風が吹き荒れているのに、塔の頂上から転がり落ちずに、僕の手元へ。

──本当に、そうだろうか。

僕は黒々と変色した右手でそれを握りしめる。

「自然の力が島民を滅ぼそうとしてる」

大地さんはそう言った。でも僕にはそうは思えない。

僕が台風で東京に帰れなかったのも。

荒波の中、御嶽まで辿り着けたのも。

きっと全部、風乃を生かすためだ。

風乃は両親を奪われても、それでもなお志嘉良島の自然を愛している。きっと風乃だけじゃなくて、島民全員がそうだ。

そんな自然が、僕に風乃を助けろと叫んでいる。

結局よそ者の自己満足かもしれない。都合の良い思い込みかもしれない。

でも、一度そう思ったら止められない。

世界で僕一人だけが間違っていたとしても、僕は風乃を救う。

これは役割なんかじゃなく、紛れもなく僕の意志だ。

「風乃、いい加減早くしないと……」

大地さんの声が頭上を通り過ぎた直後、僕は素早く体を起こし、風乃に向かって左腕を伸ばした。

すると指先が彼女の手に当たり、その拍子に小瓶が手からこぼれた。

「あっ！」

風でコロコロと転がり、塔から落ちていく。ウミヘビの毒は、崖下の荒波に飲み込まれた。

「そんな」

風乃は崖際に両腕をつき、下を覗き込む。

「こいつ、まだ動け……」

そう言いかけた大地さんに、僕は立ち上がると同時に金属バットを両手で握り締め、思いっきり振り回した。

「うおおおっ！」

大して腕も上がらず、腰も入ってない。みっともなさすぎるスイングだったが、金属バットは大地さんの右膝の外側に直撃した。

「つっ！」

「あがっ！」

僕と大地さんは同時に悲鳴をあげた。右手首が衝撃に耐えられず、僕はバットを落とした。一方、大地さんはよろよろと後退した後、左膝をついた。右膝を立てて両手で押さえながら、僕を睨みあげる。

「くっ……、や！、何もできんくせに、これ以上関わるな！」

「確かに僕は何もできません。でも僕が何もできないことと、風乃が死ぬのは関係ない」

僕がそう言うと、大地さんは立ち上がろうとして踏ん張ったが、足に力が入らないようで再び膝をついた。

僕は荒い呼吸のまま振り向く。両腕をついて崖下を覗き込んでいた風乃は、いつの間にか目線はそのままに、立ち上がっていた。

「風乃、もう毒は無いんだから、とにかく降りようよ。この場所は危ない」

僕がそう言っても、風乃は顔を上げない。まっすぐ立って海を見下ろしている。

「……風乃？」

風乃は首だけをこちらに向けた。

これだけ強い風が吹いているのに、彼女の髪はいつも通りの潮風を受けているかのように、さわやかに揺れているだけだ。

嫌な予感がした。

風乃の存在が儚すぎる気がした。

落雷の瞬間のように、時の歩みが遅くなる。視界は真っ白で、風乃以外の全てのものが消えた。

音の無い世界で、風乃のバーミリオンに染まった唇が動く。

「ごめんね」

声は聞こえなかった。でも、そう言った気がした。

きっと僕だけにじゃなくて、大地さんにも向けた言葉。自分が生きているせいで僕らが傷付いていくことを嘆き、口から出た四文字。

風乃は眉尻を下げ、困ったような顔で微笑み、

——飛んだ。

「風乃！」

幾度となく限界かと思えた僕の体は、火事場の馬鹿力とも言うべき最後の力をもって、間一髪、右手で風乃の手首を掴んだ。

「あああああああっ！」

右腕の重みに引っ張られ、岩肌に右半身を擦られながら叫ぶ。

何とか左手で岩の突起をキャッチした。

その結果、僕は右手で風乃を掴んだまま、崖から体を投げ出して、左手一本で御嶽にぶら下がった。怪我している右手首から、大事な何かが引っこ抜けるような音が何度も聞こえた。全身から大量の汗が噴き出した。

崖際から垂れ下がった僕らは全身を風に煽られ、大きく揺らされる。

下では塔の岩壁に波がぶつかり、突き上げる突風に乗って飛沫が高く舞い上がっている。

風乃ごと自分の体を持ち上げる力は残されていない。それどころか、いつ離してしまってもおかしくない。

「海斗！　放して！　海斗まで落ちちゃう！」

風乃が声を裏返らせながら叫んだ。

離せるわけがない。このまま落下したら十メートル下の海に飛び込むことになり、大海原へ流されてしまう。海流の向きは絶対に変わらないので、奇跡は起きない。

「嫌だ！　風乃が死んだら生きてる意味がない」

「海斗は生きて絵を描くの！　それが海斗の役割なの！　はやく放して！　そうしないと、この右手だって……、海斗、絵が描けなくなっちゃうよ！」

宜野座さんの手首の傷が頭をよぎる。このままでは一生絵を描けなくなる。でも、僕はそうなっても構わなかった。

「放さない。僕の手は風乃を描くためにあるんだから」

「は⁉　意味分からんし！」

「僕は風乃がいないと描けない！　だから右手があっても無くても一緒だ！」

風乃を見殺しにした後に絵なんか描けるはずがない。もし右手が動いても、風乃がいない景色に心が動かない。

「……だめ！　海斗の役割は絵を描くことなんだから……」

風乃が今にも消え入りそうな声で言う。うつむいているらしい。どんな顔をしているかは分からないが、僕は風乃に語りかけた。

「風乃、役割なんてないんだよ。自由に、やりたいことをやろうよ。それでいいって、僕は風乃に教えてもらったんだ。僕は絵なんかより、風乃の方が大事で……、好きなんだ」

僕は風乃が好きだ。

風乃に腕を引かれて、自由で眩しい世界に連れて来てもらった。

人魚の絵を描けたとき、嬉しかった。

僕はもうこれで大丈夫だと思った。

具体的に何が大丈夫なのかは分からないけれど、とにかく視界が広がって、世界はたくさんの明るい色で構成されているって気付けた。

僕は空を見上げたまま、声を張り上げた。

「風乃がいない世界で、僕はどんな絵を描けばいいんだよ！　どんな色を塗ればいいんだよ!?　もう暗い場所には戻れないんだから、責任取ってくれよ！　風乃が嫌がっても、僕は諦めない！　無理やり連れて行くから！」

今度は僕の番だ。

風乃を光に向かって引っ張っていく番だ。

こんな小さな島に縛られていちゃダメだ。もっと楽しいことが、風乃の知らないことがたくさんあるんだから。

　左手が摑んでいる突起を見た。親指以外の四本の指で何とか摑んではいるが、たった今、人差し指が外れた。

　このままじゃ耐えられない。左手だけじゃなく、指先の感覚がない右手も、いつ意思に反して離してしまうか分からない。

「私は……」

　風乃が呟いた。

　それと同時に、揺られていた体が徐々に振り子の幅を狭めていくのに気付いた。

　指先に当たる雨粒も止まった。

　巨大な浮島のようだった分厚い雨雲には、いくつか割れ目ができていて、その奥から陽の光が射している。

「海斗、私……」

　風が止み、雨が上がった。

　いくつもの渦を浮かべ、巨大な龍のように猛々しく暴れていた海は、嘘のように凪いでいる。

「私は」

風乃は大きく息を吸って、声と共に吐き出した。

「私、本当は……、生きたい……っ」

その言葉と同時に、僕の左手の指が岩から滑り落ちた。

しかし浮遊感があったのは一瞬だ。体は落下ではなく急浮上した。

僕と風乃は塔の頂上に戻って来て、岩肌に着地する。

遠くで膝をついていたはずの大地さんが傍に立っていた。彼は僕の左手を荒々しく離した。

僕は首だけを動かし、風乃を見た。

風乃は両膝を立てて内股の姿勢で、脱力したように尻もちをついている。

僕を見つめる両方の瞳に涙を浮かべ、きらきらと陽の光を反射させている。

曇天が、晴れていた。

数キロ先はまだ曇っていて、遠雷が轟いている。この一帯だけが別世界のように眩しい。台風の目に入ったらしい。

「風乃、もう一度言え」

大地さんが言った。彼の視線を辿る。先程までは荒天で動けなかったユタたちが、晴れたことで立ち上がっていて、こちらを睨みながら身構えている。

「もう一度？」

風乃が聞き返す。その問いかけには僕が答えた。

「風乃の言葉さえあれば、僕たちは何とでも戦えるんだ」

風乃はしばらく考えた。

自分の言葉が、想いが、どれほどの影響をもたらすのか、まるで理解していないようだ。

やがて彼女は瞳孔を開いて、何度も瞬きをした。

口を開いて、唇を噛んで。

大地さんを見て僕を見て、
ユタたちを見て、
うつむいて。

そして、くいっと顎を上げ、晴れた空に向かって叫んだ。

「……ごめん！　私、本当は生きたいさー！」

あはは、と風乃は笑った。大きく口を開けた、天真爛漫ないつもの笑顔。

唯一違うのは、瞳にたまっていた透明な雫がぼろぼろとこぼれていることだ。

「うん。生きよう」

僕は立ち上がり、大地さんの横に並んだ。

＊

僕ら三人は、ユタや石段下の二人を押し退けて漁船に乗った。大地さんが操舵し、御嶽から志嘉良島に戻ろうとした。戻ろうとした、というのは僕の意識が船上で途切れてしまって、定かではないからだ。気がついたのは次の日で、石垣島の総合病院だった。ベッドの横に母親がパイプ椅子に座っていて、口元をハンカチで押さえていた。意識が戻った僕に気付くと、勢いよく抱きしめてきた。寝ている間に右肘から指先にかけてギプスを装着されている。すぐに秋山さんが駆けつけて来て、僕と母親に謝罪した。丁寧な言葉遣いで、青褪めた顔で深く頭を下げる秋山さんはまるで別人のように見えた。

行動と結果は僕の意思で、風乃が助かるなら死ぬ覚悟さえあったが、秋山さんは「全て私の責任です」と言った。

すぐに父親も来て、僕はまるで取り調べを受ける犯人のようにしつこく事情聴取された。何とか途中で抜け出して病院の電話を借り、京花に連絡した。

風乃は無事とのことだった。とりあえず儀式は先送りにされたようだ。執り行う日取りを決めようとしても、大地さんや京花が徹底的に反対しているし、何より、従順だった風乃が一転して反旗を翻しているらしい。それにより島内は若者とお年寄りに二分され、非常に険悪な雰囲気だという。

『海斗は無期限の入島禁止処分よ』

京花に宣告された。次また島に入ろうものなら、問答無用で命の危機に晒されるとのことだ。

仕方ないと思った。民家の敷地内に不法侵入したし、ユタたちの目の前で聖域に踏み入ったのだから。

『風乃も島の外には出さないことになったわ』

他の離島の港と連携しているあの島は、同じ国なのに違う常識で生きている。島の出入りを制限する、なんてことが現実にできてしまう。

『海斗にできることは何もないから。あとは私たちに任せて』

京花はそう言って、一方的に電話を切った。

風乃に会いたい。でも確かに僕にできることはもうない。今は、風乃が生きてさえいれば充分だった。

僕が筋肉痛の体を引き摺りながら病室に戻ると、すぐに別室に呼ばれた。

そこで、険しい面持ちの医者に、僕の右手首は三つの症状を抱えていると伝えられた。具体的には『手根靭帯損傷、正中神経損傷、粉砕骨折』だ。結論としてすぐに手術が必要であり、術後も後遺症として、親指から薬指第二関節までの指と手のひらの神経は不自由なままだという。

絵を描くなんてとんでもない。医者はそう言って首を振った。両親は泣いていたが、僕に後悔はなかった。

いや、まだ実感がないだけで、いずれ後悔するかもしれない。

だとしても、僕は風乃を選ぶか、絵を選ぶかの選択をして風乃を取った。一生を棒に振ったとしても、風乃を選ばなかったときの後悔に比べたら無いに等しい。


木枯らしが葉を散らした。薄く積もった雪がコンクリートに溶けていった。そして緑の蕾が桜色に身を広げた頃、僕は高校を卒業した。

人魚の絵は、丸の内ジェネシス・アートグランプリにて準大賞に輝いた。高校生の受賞は史上初だった。宜野座さん曰く、大賞まであと一歩だったらしい。

当初の目標は達成したが、東京美術大学への推薦希望は取り下げた。僕の右手は、かつての技巧を完全に失っていたからだ。

秋山さんと宜野座さんの人脈で、全国各地の名医を紹介された。しかし今のところ快方に向かう様子は見られない。

リハビリを終えても、絵を描くどころか、長時間筆を持つことすらできない有様だ。

試しに左手で描いてみたが、物心ついた頃から絵筆を握っていた右手と、おまけ程度にしか使っていない左手ではまるで感覚が違う。もはや違う人の体を動かしているという感じで、人魚の絵のレベルまで実力を取り戻すには一年や二年では足りない。

今まで簡単にできたことができないというストレスはかなりのものだった。

指先に蓄積させてきた技術と経験は全て崩れ去り、思い通りの表現ができない。何倍もの時間をかけて描きあげた風景画は、イメージとはあまりにも違い過ぎる出来で、僕は筆を置いてしまった。

表向きは浪人という形になっているが、それ以降、絵の練習はほとんどしていない。

そうして空いた時間は、秋山さんの画商の仕事の手伝いをさせてもらっている。

絵を描く側から売る側になった。

それは新鮮な体験だった。

時代の流行やターゲットによって絵画の価値が変わる。作品そのものの出来ではなく、観る人がどれほどの価値を感じるかによって値段が変動する。僕には理解できないアート作品でも、買い手に受け取るものがあれば値が跳ね上がるのだ。

さらに言えば、「高価である」こと自体に意味があるような場合もあった。お金持ちの世界には、何百万で買った、何千万で買ったと自慢したいためだけに絵を購入する好事家(こうずか)たちがいた。

無造作に絵具をぶちまけたような落書きにしか見えない絵を、秋山さんの営業トークによって一千万円で販売したときがあった。

悪どい商売ですねと揶揄(やゆ)すると、秋山さんは胸を張って言い放った。

「支払った代償と、それによって得た成果が釣り合っているかどうか判断するのは自分自身だ。自分が満足しているなら、それは良い買い物だ」

とんでもない詭弁(きべん)だと思った。と同時に、右手を失った僕への慰めであることにも気付いていた。

画家の名言の引用ではない、秋山さん自身の言葉だったから。

仕事の手伝いで関西に行ったとき、大地さんに会った。

芸術作品の運送スタッフとして秋山さんに雇われているらしい。相変わらず眉を釣り上げていて、怖い顔をしている。

「大地さんがこんなところにいて、風乃は大丈夫なんですか？」

志嘉良島での状況はどうなっているのだろう。京花とはしばらく連絡をとっていない。若手のリーダー格である大地さんが、伝統を重んじるユタやお年寄りたちを抑えられるかどうか。それは風乃が人柱にされるかどうかに直結するはず。

大地さんは僕の右手を一瞥した。

「右手、もう描けるば？」

僕が絵を描いていることを知っている。秋山さんから聞いたのだろうか。

「あ、えーと。リハビリは終わったんですが……」

返答を濁すと、大地さんは聞こえるか聞こえないかくらいの小声で、

「悪かった。島民の覚悟は決まったからよ、後は任せとけ」

と呟いて去って行った。

謝罪なんていらない。大地さんは風乃のために動いていたし、僕だって金属バットを膝にぶつけたのだから、恨んでなんかいない。

秋山さんの言葉を借りるなら、僕の中では代償より成果の方が大きい。だからこの結果に満足している。

しかし任せとけとはどういうことだろう。憑き物が落ちたような大地さんの顔つきに、つい不安な気持ちになってくる。大地さんが島に留まる理由が無くなったということはつまり、風乃を守る必要が無くなったということ。

もしかして、すでに儀式が執り行われてしまったのでは？

僕はすぐに京花に電話した。

『もしもし』

京花の声の背後に、喧騒が聞こえる。

「今どこ？」

『たった今、羽田空港に着いたとこよ』

「東京にいるの？」

『午後からオーディションなの。ねえ、東京って人多すぎない？　これから新宿駅に向かうんだけど、新宿駅って一日に三百五十万人が利用してるらしいわよ。志嘉良島の人口が三百五十人くらいだから、その一万倍じゃない。たった一日で、よ。どう言うこと？』

「そうなんだ。どうでもいいけど、風乃はどうなってるの？」

『風乃は大丈夫よ。心配いらないわ』

「ユタたちを説得できたの？」

『まあね。あれを観たら納得するしかないもの。写真では観たけど、生で観たら全然違う。正直、悔しかったわ』

「悔しい？　どういう……」

『まあいいわ。私はあんたよりも稼ぐから。私は世界一の歌手になるんだからね』

そんな抱負を述べて、京花は通話を切った。

よく分からなかったが、京花の口から風乃が大丈夫という言葉が聞けてとりあえずほっとした。


陰鬱な雨模様が続いたが、ついに梅雨前線が北上して霧散した。夏がやって来た。

僕は秋山絵画教室に訪れた。

昨年の夏までは、僕のせいで際限なくキャンバスが増え、じきに置き場がなくなってしまうことを危惧していた。だがそれから一年が経とうという今、増えたのは出来の悪い風景画作品一点だけだ。

湿気でカビ臭い部屋の空気を入れ替えるため、窓を開けた。排気ガスの臭いを孕(はら)んだ熱風が、窓から玄関へと通り抜けていく。

都内の真ん中にあるこのビルでは、蝉の声は聞こえない。日当たりも悪く、向かいのビルの窓に反射した日光がかろうじて射し込む程度だ。

石垣島で手術を終えて東京に帰ってきてから、僕は秋山さんに一度も月謝を払っていない。今は絵画教室の講師と生徒ではなく、画商とその助手という関係だ。絵の指導はされないし、あれからこの部屋で秋山さんと会ったこともない。

でも合鍵を返せとは言われないし、この部屋を引き払うという話も聞かない。これは仕事の手伝いをするようになって知ったのだが、秋山さんは相当儲けている。四十代の平均年収を遥かに上回っている。

なので、僕から「この部屋はどうするんですか？」とは聞かないことにしている。

以前は学校が終わったら毎日ここに来て、日が暮れても絵を描き続けた。僕の中学、高校の行動範囲は家、学校、そしてこの絵画教室が全てだった。今では月に一回訪れるかどうかといったところだが、それでも、この場所が無くなってしまったら寂しい。何もかも変わってしまったが、この空間だけは変わらないで欲しい。

僕はイーゼルの上部にたまった埃を払い、画用紙を挟んだ画板を立てかけ、丸椅子に腰かけた。

左手を使って、自分の右手の親指と人差し指を無理やり折り曲げる。そこにデッサン用の鉛筆をはめた。ほとんど力は入らないものの、この一年で手の形をキープできるくらいには回復した。

そのまま右腕を伸ばす。

左から右に線を引く。ザラザラのキャンバス地に黒鉛が乗る。

描けたのは、みっともなく歪み、軽く手で撫でたら消えてしまいそうな薄い線。

震える右手は、今にも鉛筆を落としてしまいそうだ。

頭の中に描きたいものが山ほどあるのに、それをアウトプットすることができない。

技術はあるのに、描きたいものがなかった以前とは真逆だ。

僕にとって絵を描くことは、生理現象と言ってもいいくらい身近で当たり前の行為だった。それが、ここまで困難になるなんて。

額に汗が滲む。

忠実に僕の意思通りの線を具現化してくれていた右手はもういない。

その事実は、何度目の当たりにしても慣れない。つい目を背けたくなる。

いつもならここで嫌になって投げ出してしまうところだ。

でも、今日は違った。

鉛筆の先を再びキャンバスに当て、もう一度線を引いた。上から、下に。また歪んだ線が生まれた。

それを何度も繰り返す。一向に上手く引けない。絵とも呼べない、まるで子供の落書きのような線の羅列。

でも僕は、やめなかった。

その理由はひとつ。

──夏が来たから。

馬鹿みたいだが、本当にそれだけだった。

僕が指先の感覚を完璧に取り戻すことはもうないだろう。

人魚の絵は、二度と描けない。

自由に手を動かせていた過去と現状を比べて、何度も嫌になって、もしかしたらあの島での出来事を後悔してしまう日が来るかもしれない。絵を描くのをやめてしまうかもしれない。

でも、たとえやめても、成長しない自分に絶望しても。

夏が来るたびに少しずつ、かつての感覚に近付けるために何度でも挑戦していこうと思う。

東京の風も、陽射しも、匂いも、音も、志嘉良島のあの夏とは全然違うけれど、夏が来る度に五感全てが鮮明に思い出すのだ。風乃の笑顔を、流した涙を、手のひらの温度を。

二人で過ごした記憶があれば、僕はいつでも前向きになれる。

キャンバスに鉛筆を当てながら、ぷるぷると震えている僕の右手。やがて力が抜けてきて、鉛筆を落としそうになる。

しかし、急に震えが止まった。

右手を支えるように、小さな手が覆(おお)い被(かぶ)さっていた。

カビ臭かったはずのアトリエを、柑橘系の匂いが満たしていく。

「海斗が描くとこ、初めて見たさ」

風乃だった。僕の右肩の後ろにある琥珀色の瞳が、ゆるやかなカーブを描いている。

風乃の手とともに、線を引く。

かつて夜の学校で描いた、風乃らしい力強い線。

懐かしい気持ちで胸が詰まる。声が出ない。

体の表面にこびりついたネガティブな感情を、爽やかな風がこそぎ落としていくような感じだった。

どうしてここにいるんだろう。島から出る許可をもらえたのだろうか？

風乃は僕の心を読んだかのように頷き、右手をそっと離した。

「みんなのおかげで儀式は無くなったさ」

「どういうこと？」

「水位上昇は止められないから、対策として防潮堤を建てたさ。おかげで台風が来ても浸水しなくなった」

なるほど、と思った。儀式の目的は島を救うことだ。それができるなら風乃が人柱になる必要はない。

「そんな簡単なことで良かったの？」

拍子抜けだ。あれほど体を張ったのに。

しかし風乃は首を振り、僕とキャンバスの間に体を入れて、両膝をついた。真正面から僕を見上げる。

「簡単じゃないし。離島だから建設費がすごくかかって、何十億円も必要なんだって。秋山さんと宜野座さんが二人で払うって言ってたけど、島のみんなもお金を出すことになったさ」

京花と電話で話したときに、世界一の歌手になると張り切っていた理由はこれだったのか。大地さんが任せろと言ったのも、秋山さんがなりふり構わず稼いでいるのも。

「昨年のウークイの日、宜野座さんがとりあえず現場に行って儀式をやめさせて、その間に秋山さんが業者や自治体と交渉する予定だったんだって。でも海斗が暴走したって」

そう言われて、僕は顔が熱くなるのを感じた。

「何だ、じゃあ僕は余計なことをしたんだ」

すると風乃は間髪入れずに、ううん、と首を横に振る。

「もし水位上昇が解決しても、すぐに別の天災が来るかもしれない。そうしたらまた人柱を立てろって話になる。だから、海斗の行動は意味があったよ。海斗があそこまで頑張ったから、私たちはこのままじゃダメだって気付けたんだし」

風乃が僕を見上げた。右手をやさしく握る。僕の手をいたわるように。麻痺しているせいで感覚は乏しい。でもかすかに温かさが伝わる。

「それに、島のおじいおばあたちが最終的に納得してくれたのは、海斗の絵が港に飾られたのも大きいよ。私が描かれてるから、ちょっと恥ずかしいけど」

「え、人魚の絵を？」

「うん。あれ、伝わってくるから。海斗の、その……、いろいろ」

風乃がほんの少しだけ頬を染め、うつむいて咳払いをし、また僕を見上げた。その瞳に吸い込まれそうで、心が一年前の夏に引き戻される。

「海斗。私の話、聞いてくれる？」

「もちろん」

そう答えると彼女は真面目な顔で何度もぱちぱちとまばたきをして、深く息を吸い、言葉を吐き出した。

「助けてくれてありがとう。私にも将来があることを教えてくれてありがとう。私を描いてくれてありがとう。私の本心を聞いてくれてありがとう。私を好きになってくれて、ありがとう」

考えていた言葉を順番に並べるように言った。

あの夏、僕らはたくさんのことを話した。何度も手を繋いだ。

でもお互いをさらけ出した今の方が、何倍も本心が伝わってくる。手を辿って流れ込んで来る。

「私がこうして島を出られたのはみんなのおかげ。たくさんの人に迷惑をかけた。特に、海斗には。海斗が志嘉良島に来てくれた日から、私の運命が大きく変わった。ありがとう。あの夏のことは一生忘れない」

充分すぎるほどの感謝を受け取り、僕は照れて目を逸らしてしまう。髪の毛一本分だけあった後悔も、こうして風乃が生きて目の前にいるという事実だけで吹き飛んだ。

「全部僕がしたくてしたことだよ」

そう答えると、風乃は僕の左手も握った。

「こんなに私のためにがんばってくれているのに、私には海斗にも、みんなにも返せるものがない。料理もトミおばあに習ったけど、まだまだ修業中で、お金になるには程遠い。でも」

風乃は眩しい。薄暗いこの部屋も、彼女がいればマーメイドブルーの景色に変わってしまう。

「でも、それでも私は、海斗と一緒にいたいさ。それが、今の私のしたいこと」

何も返す必要なんてない。

人には決まった役割なんてなくて、ただ生きているだけでいい。僕は風乃がそこにいるだけで、こんなにも嬉しい。さっきまでの息苦しさが綺麗さっぱり無くなっている。

風乃の手に力がこもる。頻繁にまばたきを繰り返している。

僕は同じ強さの力を込めて、安心させるように、彼女の手を握り返した。

すると風乃は、少しだけ口元を緩めた。

そして照れ臭そうに目を細め、にっと白い歯を見せて笑った。

きっとこれからも、風乃は自分にできることを必死に探してしまうだろう。その優しさのせいで、したいことより、できることを優先しようとしてしまうかもしれない。

風乃がしたいことをする。それが僕のためになる。

それを伝えるためには、どうすればいいだろう。

少し考えて、すぐに答えが出た。

僕は風乃の温かさが残る右手を持ち上げ、キャンバスに向けた。あれほど重たかった右手は、驚くほど軽くなっている。

——風乃がいる景色を描けばいいんだ。

二人じゃないと描けない景色を、何枚でも、キャンバスに映し出せばいい。

僕といた夏を、君が忘れないように。

はじめての夏を、何度でも思い出すために。

あとがき

まず、補足と注意を。

ウミヘビを素手で掴（つか）むのは大変危険ですのでやめましょう。風乃（かぜの）は特殊な訓練を積んでいます。

人魚伝説の内容と明和の大津波の規模は諸説あり、です。本作では僕が地元で聞かされていた説を採用しました。

ユタという職業は確かに存在しますが、作中に描かれているようなイメージのものではありません。優しい人たちです。

僕は生まれてから高校卒業まで、石垣島で育ちました。

島には、天然記念物にも登録された推定千トンにも及ぶ大岩「津波大石（つなみうふいし）」を始めとして、幾多もの津波によって打ち上げられた岩が点在しています。

島で生まれ育った人々は幼い頃からそれらと対面することで、過去の大災害が事実だったことを皮膚感覚で実感し、自然への畏怖を抱くのです。

僕を含めた島民は、自然に対して特別な感情を持っているように思います。

海に囲まれ、様々な恵みを受け、自然に生かされている感覚。しかし同時に、その自然に暴力的に翻弄された歴史もある。作中で大地さんが言ったように、現在進行形で、毎年嫌になるほどの台風や水害に襲われている。

敬意、感謝、畏怖、諦念。それらがごちゃ混ぜになり、いわば信仰に近い形で、特別なものとして心の深い場所に根付いています。

本作は、一人で絵を描いていた少年が誰かのために描くようになり。

誰かのために死のうとした少女が自分のために生きるようになる。そんなお話です。

その本筋とともに、自然に翻弄される島民たちにも触れています。

やや過激に描いたつもりでしたが、昨今のコロナ禍の状況だと変にリアリティを帯びてしまいました。

ニュースや周囲の人々を見ると、混乱を収めるためなら少ない犠牲もやむなし、悪いことは誰かのせいにして溜飲（りゅういん）を下げたい、そんな雰囲気を感じます。

願わくば、少数に責任を押し付けるのではなく、一人ひとりが自分にできる正しい努力を講じた上で、なんくるないさーと明るく切り替えていけたらいいなと思います。

遅ればせながら、今回は歴史ある電撃小説大賞のメディアワークス文庫賞を受賞させて頂きまして、誠にありがとうございます。

創作は人生が滲み出るものだと思うので、これまで僕に関わって下さった全員のおかげです。そして本作を出版するにあたって携わられた全ての方々に、多大な感謝を申し上げます。読者の皆様も含めて、一人ひとりにお礼を言って回りたいくらい嬉しいです。

しかしそれは叶わないので、可能であればこのご恩は、次にもっと面白い作品を書くことで返せたらと思います。

国仲シンジ

＜初出＞

本書は第27回電撃小説大賞で《メディアワークス文庫賞》を受賞した
『はじめての夏、人魚に捧げるキャンバス』に加筆・修正したものです。

この物語はフィクションです。実在の人物・団体等とは一切関係ありません。

メディアワークス文庫

僕といた夏を、君が忘れないように。

国仲シンジ

2021年3月25日　初版発行
2024年11月15日　3版発行

発行者	山下直久
発行	株式会社**KADOKAWA** 〒102－8177　東京都千代田区富士見2－13－3 0570-002-301（ナビダイヤル）
装丁者	渡辺宏一（有限会社ニイナナニイゴオ）
印刷	株式会社KADOKAWA
製本	株式会社KADOKAWA

●お問い合わせ
https://www.kadokawa.co.jp/（「お問い合わせ」へお進みください）
※内容によっては、お答えできない場合があります。
※サポートは日本国内のみとさせていただきます。
※Japanese text only

※定価はカバーに表示してあります。

Printed in Japan
ISBN978-4-04-913683-8 C0193

メディアワークス文庫　https://mwbunko.com/

本書に対するご意見、ご感想をお寄せください。

あて先
〒102-8177　東京都千代田区富士見2-13-3
メディアワークス文庫編集部
「国仲シンジ先生」係